LE CAS
VICTOR SOMMER

VINCENT DELAREUX

LE CAS VICTOR SOMMER

roman

l'Archipel

Retrouvez Vincent Delareux sur :
Twitter : @vincentdlrx
Instragram : @vincentdlrx
vincentdelareux.auteur@gmail.com

Une première édition de ce roman a paru sous le titre
Le Cas Victor Sommer
chez Librinova en 2020.

Notre catalogue est consultable à l'adresse suivante :
www.editionsarchipel.com

Éditions de l'Archipel
92, avenue de France
75013 Paris

ISBN 978-2-8098-4417-7

Le silence est plus tapageur que tout.

Mercure, Amélie Nothomb

PREMIÈRE PARTIE

I

Jeudi

Lorsque je suis sorti ce matin, mon attention s'est immédiatement portée sur le ciel. Il était bleu, ce qui m'a paru remarquable. Pas un nuage n'y flottait. J'ai trouvé cela extraordinaire.

Cette vision était absurde, surréaliste. Bien sûr, ce n'était pas la première fois que je levais les yeux vers l'azur. Seulement, ce matin, une révélation m'a frappé : le ciel n'avait *aucune* raison d'être bleu ni de quelque autre couleur que ce soit. En vérité, il n'avait pas de raison d'exister du tout.

Moi non plus, d'ailleurs.

Pourtant, le ciel était bien bleu, et moi, j'étais là, à le contempler. Le mot « ciel » lui-même sonnait étrangement à mon oreille. À mesure que j'en répétais l'unique syllabe, celle-ci se vidait de son sens pour finir exsangue, creuse, dépourvue de référent. Au bout du compte, elle n'évoquait plus rien à mon esprit hébété. J'avais la sensation d'être ivre. Je ne comprenais plus. Mille questions m'assaillaient. Pourquoi avais-je atterri sur cette planète ? Pourquoi occupais-je ce corps et pas un autre ? Et pourquoi, en définitive, y avait-il Tout plutôt que Rien ?

Mes paupières ont cligné, et la seconde suivante, je me suis retrouvé en face d'un pavillon familier dont la porte était ornée d'une plaque dorée : DOCTEUR BERNARD ADAM, PSYCHIATRE. C'était à croire que mes jambes m'avaient porté jusqu'à cet endroit contre ma volonté. Mon esprit ne conservait aucune trace du chemin parcouru.

Comme chaque semaine, j'ai pensé que la salle d'attente était d'un mauvais goût absolu. Sigmund Freud m'observait du coin de l'œil, depuis son étagère. Je l'ai senti frustré. Frustré d'être captif de l'ouvrage dont son portrait illustrait la couverture. Un cigare à la main, il tentait de me percer à jour, de savoir ce que je recélais en mon for intérieur.

J'ai détourné le regard pour le poser sur une sculpture affreuse, abstraite au possible, que j'ai prise pour le visage d'une femme.

Le docteur n'a pas tardé. Lorsqu'il est venu me chercher, il affichait son air apathique de tous les jours, assorti à sa démarche indolente. Je suis entré dans la salle de consultation et me suis installé sur le fauteuil en face de son bureau. Il a chaussé ses lunettes, a saisi un stylo entre son index et son majeur et m'a lancé comme un affront :

« Comment les choses ont-elles évolué depuis notre dernier rendez-vous ? »

Comme d'habitude, cette question m'a paru saugrenue. Séance après séance, je me demande ce que le docteur appelle « les choses ». Considère-t-il mon existence comme un vulgaire objet parmi d'autres ? Dans ce cas, c'est avec regret que je dois lui donner raison. Après tout, ma vie n'est rien de plus qu'un bien que je possède et dont je pourrais me débarrasser à la première occasion, si d'aventure je venais à m'en lasser.

Ne sachant que répondre, je me suis contenté de hausser les épaules en lâchant :

« Maman est toujours en vie. »

Cette phrase s'était imposée d'elle-même, sans que je comprenne pourquoi. Je n'avais pas réfléchi avant de la prononcer. Elle ne rimait à rien.

Le regard inquisiteur du psychiatre pesait sur moi. Il m'invitait à développer.

« Que voulez-vous que je vous dise ? ai-je osé. Si elle est en vie, c'est qu'elle n'est pas morte, voilà tout. »

À ces mots, les pupilles du thérapeute se sont rétrécies, comme s'il ajustait sa vision sur une proie.

« Je crois percevoir une note de regret dans votre déclaration, a-t-il rétorqué. Comment dois-je interpréter cela ? »

Je me suis offusqué :

« Êtes-vous en train de penser que je souhaite la mort de Maman ? »

Le docteur a répondu qu'il ne pensait rien du tout, mais que nos dernières séances avaient mis en lumière de « vifs ressentiments à l'égard de ma mère ». Je n'ai pas pu réprimer le rictus qui tordait le coin de mes lèvres.

« Docteur, connaissez-vous *une seule* personne sur cette terre qui n'ait jamais blâmé sa mère, ne serait-ce qu'une demi-seconde dans sa vie ? »

Il a admis que l'on aurait du mal à trouver pareil individu.

« Et pourtant, ai-je poursuivi fièrement, on recense assez peu de matricides. C'est bien la preuve que l'on peut reprocher des choses à un parent sans pour autant le tuer. Autrement, nous serions tous des assassins. »

Le Dr Adam s'est empressé de m'expliquer que les meurtres ne sont pas toujours sanglants ; qu'ils peuvent aussi être symboliques. S'est ensuivi un long monologue sur le complexe d'Œdipe et autres délires psychanalytiques bien extravagants.

« L'homme civilisé tue par la pensée », a-t-il conclu sur un ton magistral.

J'ai brièvement médité ses paroles.

« Vous êtes un adepte de Freud, n'est-ce pas, docteur ? »

Il a répondu que ce qu'il était n'avait guère d'importance. Je devais considérer qu'il n'était rien du tout. C'est ce que je pensais depuis longtemps déjà, mais je me suis gardé de l'en informer afin de ne pas le froisser.

Un silence a suivi. Le docteur s'est plongé dans une intense réflexion. Il tenait toujours son stylo entre ses doigts, de la même façon que Freud tenait son cigare. Je l'imaginais porter l'objet à sa bouche et tirer dessus comme on le fait avec une cigarette, puis aspirer l'encre qui emplirait alors sa gorge et manquerait de l'étouffer. Cette image m'a fait sourire. Ce n'était pas la première fois que je me figurais une scène de ce genre. Il m'arrive d'imaginer les gens qui m'ennuient dans des situations improbables et grotesques. Cela m'amuse.

Le Dr Adam a arrangé ses cheveux de sorte à dissimuler une calvitie naissante, puis il a émergé de sa réflexion.

Après avoir réajusté ses lunettes, il a lâché son stylo pour joindre les mains sur son bureau. Sa bouche s'est courbée en un sourire qui se voulait bienveillant.

C'est à ce moment que j'ai été foudroyé, comme frappé par une évidence qui, jusque-là, était demeurée sous-jacente à ma conscience. Je me suis tout à coup rappelé la photographie de mon père : la seule que j'ai jamais vue de lui et que ma mère m'a montrée pour la première et dernière fois lors de mon dixième anniversaire. À l'époque, la couleur du portrait était déjà passée et le papier glacé, en plus d'être froissé, avait été poli par les années, si bien que je n'ai jamais eu qu'un vague aperçu de l'homme. Pas une fois n'ai-je réclamé à Maman de me remontrer le portrait ensuite. Ce jour où elle me l'a fait voir, j'ai compris qu'il s'agissait d'une faveur qu'elle m'accordait. Le caractère exceptionnel de ce privilège allait de soi : j'avais le droit de contempler pendant quelques secondes l'individu qui m'avait engendré, à condition de ne plus y faire allusion par la suite. Tel était l'accord tacite que Maman et moi avons conclu à mes dix ans.

À dater de cet événement, j'ai été investi d'une mission existentielle : celle de reconstituer mentalement le cliché. Je n'allais plus jamais revoir ce visage de ma vie, il était donc impératif que j'en conserve une trace dans ma mémoire. Ainsi, les jours suivants, je me suis consacré à cette tâche. Mon objectif était de me remémorer la photographie le plus parfaitement possible. Seulement, elle avait été si brièvement exposée à ma vue que je ne m'en rappelais que les grosses lignes. À mon grand malheur, les subtilités m'échappaient. Or, je ne pouvais accepter de n'avoir qu'un souvenir partiel de la figure de mon père.

J'ai alors dû me résoudre à étoffer le portrait de quelques détails qui, certainement, n'existaient pas en dehors de mon imagination. Jour après jour, je traçais dans mon esprit les traits d'une bouche, d'un nez et de sourcils que j'avais aperçus furtivement. Étaient-ils fidèles au modèle d'origine ? Je n'avais aucun moyen de m'en assurer. Mais au bout du compte, mes efforts ont abouti à un résultat que j'ai jugé satisfaisant et qui constitue, depuis, l'unique représentation de celui qui m'a donné la vie.

C'est cette image qui est venue se superposer au visage du docteur, ce matin.

À l'instant où il m'a souri, quelque chose dans sa physionomie a ravivé le souvenir du petit portrait que je gardais tout au fond de moi. C'était son sourire, tout simplement, qui avait provoqué cet effet, mais très vite, il m'a semblé que la face entière du psychiatre imitait les traits de mon père. J'étais subjugué par cette ressemblance si flagrante, que je n'avais pourtant pas remarquée auparavant. Je me suis blâmé de ne pas avoir noté plus tôt ces similitudes qui, désormais, crevaient les yeux. Je n'étais qu'un pauvre benêt qui n'avait pas su reconnaître, dès le premier rendez-vous, la bouche, le nez et le front de son père dans la figure du médecin. J'avais été incapable d'honorer mon ascendance, et cela faisait de moi un ingrat. Je me détestais et me serais fouetté. J'en suis venu à supposer que mon père avait pressenti cette ingratitude à ma naissance. Dans ce cas, j'aurais compris pourquoi il m'avait aussitôt abandonné à ma mère.

Pendant le reste de la séance, je n'ai plus quitté des yeux cette figure paternelle qui me faisait face. Elle me fascinait. J'en détaillais le moindre recoin, le rapportant au souvenir que je conservais de la photographie. L'impression que j'en tirais était si forte, si saisissante que je considérais chaque parole du psychiatre comme émanant de mon père.

Lorsqu'il s'est de nouveau adressé à moi, je me suis entendu lui répondre d'une voix faiblarde, teintée de honte, pareille à celle de l'enfant que l'on sermonne et qui rougit de sa bêtise. J'étais dans un état second, comme un somnambule dont le corps commande les mouvements. Mes réponses aux interrogations du psychiatre étaient mécaniques. Je ne les écoutais même plus, si bien que je peine à me rappeler les sujets abordés durant le dernier quart d'heure de notre échange. Toute mon attention était happée par la physionomie du docteur.

Au terme du rendez-vous, il m'a raccompagné jusqu'à la porte du cabinet et m'a tendu la main. L'anticipation de ce contact m'a fait frémir. L'idée de sentir la moiteur de sa paume, la rigidité de ses phalanges, la force de ses muscles m'angoissait. Alors, j'ai fait mine de ne pas remarquer son geste. Je me suis dépêché de descendre les marches du perron et me suis élancé dans la rue.

Après avoir parcouru une vingtaine de mètres, je me suis retourné et ai jeté un coup d'œil en direction du cabinet. Sans savoir pourquoi, je m'étais imaginé que le docteur m'observait remonter la rue, comme un parent inquiet qui regarde son enfant s'éloigner du domicile. Mais le perron était désert et la porte fermée. Personne ne me surveillait.

2

Samedi

Il y a deux jours que le ciel se déverse sur la ville.

La pluie s'est mise à tomber jeudi, quand je rentrais de chez le Dr Adam. Depuis, aucun répit. Le jardin est à ce point détrempé que Maman a dû renoncer à sa sortie quotidienne, qui consiste en un rapide tour de notre courette plantée de quelques jonquilles et d'un forsythia. Maman s'est dite déçue de ne pas pouvoir assister à la floraison de ce dernier, qui ne devrait pas tarder à se parer des bouquets dorés qu'elle aime tant.

Je ne me suis, moi non plus, pas risqué à braver le mauvais temps. J'avais des courses à faire, mais Maman m'a assuré qu'elles pouvaient attendre. Sa santé étant fragile, c'est moi qui suis chargé de faire ses commissions.

Puisque je ne suis pas sorti depuis avant-hier, Maman est également privée de son journal et s'en trouve peinée. Hier, cherchant à tout prix un moyen de chasser l'ennui, elle est montée au grenier et a déniché un exemplaire jauni et odorant de *Madame Bovary* qu'elle s'est mise à feuilleter aussitôt. En vingt-quatre heures, elle en avait lu l'intégralité. Elle a pleuré sur la fin, lorsque Charles Bovary meurt, laissant sa petite Berthe orpheline. Maman a alors déclaré :

« Ma foi, comme c'est triste, la vie ! »

Je lui ai rappelé qu'il s'agissait d'une fiction et que ce genre de lecture n'était pas bonne pour ses nerfs.

« Eh bien, quoi ! s'est-elle insurgée. Fiction ou pas, elle est faite ainsi, la vie. Ne te rends-tu pas compte comme c'est terrible ? Rien qu'à t'imaginer, toi, orphelin, si je venais à... »

Puis elle a fondu en larmes.

Afin de détourner Maman de ses élucubrations dramatiques – car elles nuisaient à ma tranquillité –, je lui ai fait remarquer que la date de son anniversaire approchait. Dans un premier temps, elle n'a pas réagi. Je lui ai demandé ce qu'elle aimerait que je lui offre cette année. Elle a longuement réfléchi, l'air grave, comme si ma question était de première importance et que sa réponse allait changer la face du monde.

« Oh ! mon petit chéri, sais-tu ce qui me ferait *vraiment* plaisir ? Une belle photographie de toi dans un joli cadre. Voilà ce que j'aimerais ! »

Il va de soi que j'avais anticipé cette réponse. Maman n'a jamais accepté autre chose qu'un portrait de moi pour ses anniversaires. Chaque année, c'est la même scène qui se répète comme une rengaine. Maman attend que je lui demande quel cadeau lui ferait plaisir. Quant à moi, je sais ce qu'elle va me répondre, sur le même ton enjoué que les années précédentes. Nous sommes si bons comédiens que nos répliques semblent spontanées. Un étranger y croirait. Il a pourtant fallu des années de répétition pour en arriver là. Maman et moi savons que cet échange est artificiel, mais nous faisons de notre mieux pour le rendre le plus authentique possible, l'enjeu étant, comme pour toute tradition, de perpétuer les usages sans les remettre en question.

Une seule fois dans ma vie, je me suis risqué à m'écarter de cette coutume. C'était il y a longtemps : je n'étais pas encore majeur. Cette année-là, je n'avais pas demandé à Maman ce qu'elle aimerait recevoir pour son anniversaire. De ma propre initiative, je lui avais acheté une broche aperçue dans la vitrine d'un grand magasin et qui me paraissait très belle. C'était une mésange en argent. J'avais pensé que Maman l'aimerait beaucoup, qu'elle se réjouirait de se voir offrir quelque chose de nouveau. Au lieu de cela, elle avait accueilli ce cadeau avec une mine déconfite, et pendant plusieurs jours, j'avais senti une rancœur dans sa voix et son regard. Le message avait au moins le mérite d'être clair : un portrait de moi était la *seule* chose que Maman daignait recevoir avec joie. Tout autre objet constituait à ses yeux une dépense inutile. Cela n'a pas changé depuis.

Ce matin, c'est donc avec un engouement surfait qu'elle m'a jeté sa réponse si prévisible. J'ai hoché la tête en signe d'approbation et nous n'avons plus parlé jusqu'au dîner.

Lorsque nous nous sommes mis à table, j'ai entendu Maman prononcer une brève prière à voix basse, comme chaque fois que quelque chose la chagrine. Une larme a roulé sur sa joue. Je lui ai demandé pourquoi elle pleurait. Elle m'a avoué qu'elle repensait à la petite Berthe Bovary qui avait perdu son pauvre papa et qui, ayant été recueillie par sa tante, était condamnée au travail forcé. J'ai trouvé idiot de s'émouvoir du sort d'un personnage de papier.

D'un autre côté, je me suis dit qu'il y avait, dans ce bas monde, des enfants – bien réels, quant à eux – qui connaissaient le même destin que celui de la petite Berthe. J'allais m'en attendrir, mais je me suis vite repris. Devait-on forcément considérer la perte d'un parent comme un drame ? La réponse à cette question n'était pas aussi évidente qu'on aimerait le penser. Si Berthe Bovary avait pu s'extraire un instant de sa prison de papier pour s'incarner devant moi, j'aurais aimé lui demander ce qu'elle avait ressenti après le décès de son père. Peut-être se serait-elle dite très triste de cette perte. Ou peut-être se serait-elle montrée indifférente à la mort de son nigaud de papa qui, au terme d'une vie teintée d'échecs, n'avait même pas été fichu de périr en héros.

Finalement, je n'ai rien dit à Maman et l'ai laissée terminer sa prière. Nous avons dîné en silence.

3

Dimanche

Aujourd'hui fut une journée maussade. Le cocker de Maman est mort. L'incident est survenu à midi.

Le dimanche diffère des autres jours par cette habitude que nous avons de déjeuner dans la salle à manger plutôt que sur la petite table de la cuisine.

Comme chaque dimanche, Maman avait préparé un poulet fermier, car cela lui rappelle les repas de famille d'autrefois, lors desquels sa grand-mère, une authentique campagnarde, préparait une énorme volaille qu'elle avait tuée le matin même et qui faisait le bonheur de la tablée. Maman avait tout naturellement donné à cette grand-mère le surnom de « Mémé Cocotte » – surnom qui, aujourd'hui encore, ne manque jamais de la faire sourire quand elle se le remémore. Exception faite de cette anecdote, Maman ne m'a jamais parlé de sa famille. Une fois, je me suis risqué à la questionner au sujet de ses parents. Elle m'a sèchement répondu qu'ils étaient morts.

Ce midi, donc, nous avions bien entamé le repas quand le chien a lâché une première plainte. Je ne m'en suis pas inquiété et n'aurais probablement pas bougé d'un pouce si Maman ne s'était pas affolée dès les premiers râles. Elle s'est immédiatement levée de table et l'a contournée pour venir s'agenouiller près de ma chaise, où le chien salivait abondamment. Sa toux allait crescendo. Maman a ouvert sa gueule de force, pensant que quelque chose obstruait sa gorge, et nous avons vu que ses gencives ainsi que sa langue avaient bien bleui. Puisqu'il se débattait, Maman n'a rien pu faire pour lui. Il a rendu son dernier souffle quelques minutes plus tard, dans les bras de sa maîtresse impuissante, qui l'a pleuré tout l'après-midi.

En début de soirée, Maman m'a envoyé chez le vétérinaire de garde. Elle tenait à savoir ce qui avait causé la mort de son cocker afin de pouvoir faire son deuil. J'ai enroulé le corps sans vie dans une serviette et me suis mis en route.

Après avoir minutieusement inspecté la trachée de la bête, le vétérinaire en a extrait un morceau d'os de belle taille. Un os de poulet, a-t-il supposé. J'ai confirmé que nous avions mangé de la volaille à midi. Le vétérinaire m'a demandé si nous en avions volontairement donné au chien, ou si ce dernier avait chapardé une part du repas à notre insu. Je me suis un peu fâché en lui répondant que Maman et moi n'étions pas si sots : tout le monde savait que ces os-là représentaient un danger pour les chiens.

Quand Maman m'a vu revenir, elle s'est ruée sur moi en me demandant le verdict du vétérinaire. Quand je le lui ai annoncé, de nouvelles larmes ont dévalé ses joues. Elle s'est laissée tomber dans mes bras, m'a prié de la serrer bien fort contre ma poitrine, de l'embrasser, de lui dire que je l'aimais, que je la soutiendrais dans cette épreuve. Elle avait l'air d'une fillette qui vient épancher son chagrin sur l'épaule de son père.

Je ne savais pas quoi dire ni quoi faire. J'avais imaginé que Maman monterait dans sa chambre pour y réciter une prière et sangloter un peu, au lieu de quoi elle déversait des torrents sur ma chemise. J'aurais dû prévoir qu'elle compterait sur moi pour soulager sa peine. Quoi qu'il en soit, j'aurais payé cher pour ne pas avoir à vivre cette scène.

Maman a voulu savoir si c'était moi qui avais donné au chien le morceau de poulet. Je lui ai dit que non. Entre deux sanglots, elle m'a chargé d'enterrer le cocker dans un coin de notre jardinet. La pluie n'avait pas cessé et la nuit tombait, mais je n'ai pas protesté.

Une fois l'animal mis en terre, je suis rentré retrouver Maman qui n'avait pas eu le courage d'assister à l'inhumation. Ses yeux étaient toujours embués de larmes, et derrière ces larmes, il y avait un regard empli de détresse ; un regard qui me disait : « Eh bien, maintenant, mon garçon, il ne me reste plus que toi. »

4

Nuit de dimanche à lundi

Il y avait longtemps qu'un cauchemar ne m'avait pas réveillé.

Je me suis endormi tôt, hier soir. Le dîner a été bref après l'enterrement du chien. Maman n'avait pas faim. Je lui ai dit de manger un peu, mais elle refusait d'avaler la moindre nourriture. Elle avait « le cœur au bord des lèvres ». Je n'ai pas insisté, ayant moi-même peu d'appétit.

Nous avons rejoint nos chambres respectives. Il ne m'a pas fallu cinq minutes pour m'endormir. J'ai alors plongé dans mon rêve. L'expression est de circonstance, car c'est au beau milieu d'un océan que Morphée m'a envoyé. Je me situais à bonne distance du rivage : une cinquantaine de mètres, ou peut-être plus. La mer était d'huile.

J'ai tout à coup senti un courant naître à la pointe de mes pieds. Au même moment, un remous a agité la surface de l'eau. Ce n'étaient d'abord que des vaguelettes, mais très vite, l'affaire est devenue plus sérieuse.

Je me retrouvais pris dans une houle furieuse et n'apercevais plus que cette eau hostile, écumante, enragée, qui s'érigeait comme une muraille autour de moi. J'étais à la merci de ces flots monstrueux, prêts à m'engloutir et à me noyer.

L'instant suivant, je m'échouais sur la plage. Comment avais-je échappé aux vagues ? Par quel moyen avais-je regagné la terre ferme ? Je n'en savais rien. J'étais là, étalé de tout mon long sur le sable chaud. Je me suis levé.

Des aboiements se sont élevés au loin. Intrigué, j'ai tourné la tête dans tous les sens, essayant de déterminer leur provenance. Il ne m'a pas fallu longtemps pour le savoir. Une forme indistincte avançait rapidement vers moi. J'ai fini par reconnaître le cocker de Maman. Et justement, Maman était allongée sur une natte de plage, tout près de l'endroit où je me tenais.

J'ai supposé que c'était vers elle et non vers moi que le chien courait. J'avais vu juste : c'est sur Maman qu'il s'est rué. Il s'est jeté sur elle, littéralement. Sur sa poitrine, pour être précis. De ses griffes, il a déchiré ses chairs ; de ses crocs, il a broyé ses côtes. Les os craquaient, Maman criait. En conclusion de ce carnage, le chien a plongé sa tête dans le buste béant de sa maîtresse. La seconde suivante, il tenait dans sa gueule le cœur sanguinolent de celle qui l'avait tant choyé.

Le cocker s'est tourné vers moi. Il ne restait de ses yeux que deux trous dans lesquels des vers avaient élu domicile. Ses poils étaient emmêlés et poussiéreux, comme s'il revenait d'un séjour sous terre. Il s'est approché de moi, sans cesser de me fixer du fond de ses orbites creuses, et a déposé à mes pieds son trophée funeste. Il s'est mis à tousser, puis il a recraché une côte de Maman. L'os est venu se planter dans le cœur inerte qui gisait au sol.

Je me suis penché pour observer l'organe. Il palpitait encore. J'ai tendu la main et, au moment précis où mon doigt l'a touché, le cœur m'a aspiré tout entier par l'une de ses artères.

C'est alors que je me suis réveillé, me redressant subitement sur mon lit, en sueur et à bout de souffle.

En reprenant mes esprits, je me suis rappelé un rêve du même genre, qui hantait autrefois mes nuits d'enfance. La configuration était la même : perdu en plein océan, j'étais pris au piège de hautes vagues qui menaçaient de s'abattre sur moi. Cet océan m'apparaissait comme une entité pensante – intelligente, même. Il *voulait* me noyer. Ce n'était pas qu'une vaste étendue d'eau, mais une bête vivante, presque humaine, qui me portait, me faisait dériver à sa guise et décidait de mon destin.

Ce cauchemar se concluait invariablement par ma perte : les vagues se resserraient autour de moi et finissaient par fondre sur ma tête, me submergeant tout entier. Mes poumons s'emplissaient du liquide salin. Et Victor mourait.

Jamais je ne regagnais le rivage. Chaque fois, je me réveillais en sursaut à l'instant de ma mort onirique. Je me redressais brutalement, les paupières grandes ouvertes dans l'obscurité de ma chambre et le front ruisselant de sueur.

Je faisais alors ce que font la plupart des enfants en proie aux terreurs nocturnes : de toutes mes forces, j'appelais Maman. Aussitôt, elle accourait et je l'entendais dire, en ouvrant la porte : « Voilà, voilà, mon petit chéri, je viens. » Elle se postait près de mon corps tremblant et couvrait mon visage de mille baisers. Si j'avais transpiré au point de tremper mes sous-vêtements, Maman me déshabillait elle-même et me faisait enfiler du linge propre.

Au bout de quelques années, j'ai compris que, loin d'apaiser mes terreurs nocturnes, ces interventions de Maman les accentuaient. Adolescent, le cauchemar me hantait encore fréquemment et me procurait toujours autant d'effroi. Seulement, au lieu d'appeler Maman comme je l'avais fait jusqu'alors, j'ai cherché un moyen de chasser l'angoisse sans son aide. Et un jour, j'ai fini par trouver un substitut au réconfort maternel.

J'étais monté dans le grenier pour une raison quelconque et y avais déniché un petit sac contenant deux ou trois antiquités. L'une d'entre elles en particulier m'avait attiré : c'était un couteau suisse visiblement ancien, dont le manche en bois était gravé de lettres et de symboles à demi effacés. Tout de suite, cet instrument m'avait captivé. J'étais séduit par le fait qu'un seul objet puisse proposer tant d'usages et tant d'aspects différents. Je me souviens l'avoir détaillé sous tous les angles en dépliant chacune de ses parties amovibles. Ce faisant, je brodais des légendes autour du couteau. Peut-être était-il passé entre les mains d'illustres personnages ? Peut-être avait-il été témoin d'événements historiques et mémorables ? Peut-être avait-il, par son embout torsadé, débouché de grandes bouteilles pour fêter d'immenses victoires ? Peut-être aussi avait-il appartenu à mon père...

Cette dernière hypothèse m'avait paru la plus plausible. Je me figurais ce couteau suisse dans les mains de l'homme que je n'avais aperçu qu'une fois, sur une photographie ternie. Nul doute que cet objet avait accompagné mon père dès l'aube de sa vie. Je l'imaginais beau garçon, pendant son service militaire, entouré de ses camarades de chambrée, en train de graver sur le manche du couteau les initiales de sa fiancée.

Après une rigoureuse inspection de l'objet, je l'avais glissé dans ma poche et avais couru le ranger dans le tiroir de ma table de chevet. Dès lors, c'était ce couteau qui allait me servir de parade lors de mes nuits d'angoisse. Sa simple présence suffisait à me rassurer. Il m'arrivait, certains soirs, avant de filer sous mes draps, de le sortir de sa cachette et d'en déplier la plus grosse lame, particulièrement longue et aiguisée pour un couteau de ce genre. Je ressentais alors une force difficilement descriptible, comme un sentiment de toute-puissance, à la vue de cette lame qui se dressait sous mes pupilles. Je songeais à mon père, qui avait probablement effectué les mêmes gestes dans sa jeunesse. Le couteau était imprégné de son souvenir, et il me semblait que mon père lui-même se manifestait à moi à travers l'objet.

En conservant le couteau suisse dans ma table de chevet, j'avais à portée de main une arme que les créatures les plus effroyables n'oseraient défier. Les rêves les plus glaçants, ceux qui me pétrifiaient au plus haut point, ne pouvaient lutter contre la force que dégageait cette arme. Et si d'aventure l'océan revenait hanter mes nuits, je n'avais qu'à empoigner l'objet et à fendre ses eaux en deux, comme Moïse avec la mer Rouge, pour traverser les pieds secs. La lame de mon couteau réfléchirait une lumière aveuglante qui pénétrerait mon tortionnaire jusqu'aux abysses. Alors, il perdrait tout ce qu'il avait d'inquiétant.

Mais l'océan ne s'est plus jamais manifesté à compter du jour où j'ai gardé le couteau à mon chevet.

Jusqu'à la nuit dernière.

Toutefois, et comme je le précisais, il s'est opéré cette nuit un changement notable dans la trame du cauchemar : pour la première fois, le déferlement des vagues n'a pas provoqué ma mort. Je m'en suis libéré et ai regagné le rivage. Me retrouver sur cette plage après tant de terreurs juvéniles est une victoire.

Une victoire partielle, du moins.

Car elle ne peut pas être totale, compte tenu du dénouement où je finis aspiré par le cœur de Maman. La frustration générée par cette chute m'est insoutenable. J'en viens à croire que je ne me libérerai jamais complètement de ce cauchemar.

Et cependant, depuis toutes ces années, le couteau suisse n'a pas quitté ma table de nuit.

5

Lundi

À la suite de mon cauchemar, je ne me suis pas rendormi. Chaque fois que mes paupières s'alourdissaient et que ma conscience partait à la dérive, je revenais à moi brusquement, dans un sursaut. On pourrait en rire, mais je craignais ce que le sommeil me réservait. Des monstres étaient là, tapis sous l'oreiller. Ils attendaient que je m'endorme. Alors, j'ai veillé.

Comme j'étais condamné à ne plus fermer l'œil, je me suis levé au petit matin, bien avant Maman qui, pourtant, est toujours debout de bonne heure. Je suis descendu au rez-de-chaussée et ai ouvert les volets. Il faisait encore noir dehors.

Je me suis installé dans un fauteuil du salon et, pendant une heure ou deux, j'ai contemplé à travers la vitre ce paysage urbain baigné d'obscurité. La luminosité du ciel s'accroissait sensiblement au fil des minutes, puis l'aurore a éclos et le soleil a entamé son ascension. Cette vision m'a tant envoûté que j'ai ouvert tout grand la fenêtre pour profiter pleinement du spectacle. Je me plaisais à m'imaginer en unique témoin de cette belle naissance, qui était celle du jour. À l'aube de cette nouvelle semaine, le monde m'appartenait.

Accoudé au rebord de la fenêtre, j'ai inspiré l'air frais de mars. Mes poumons s'imprégnaient de cette ville encore somnolente que je contemplais en avant-première. À deux ou trois reprises, j'ai eu envie de crier quelque chose, n'importe quoi, afin de m'approprier un peu plus l'espace qui s'offrait à moi. Je n'avais qu'un seul désir : percer le silence matinal pour informer chaque boulevard, chaque ruelle, chaque impasse de mon existence.

Car à cet instant, je me suis senti exister. Et à chaque inspiration qui gonflait ma poitrine, j'existais un peu davantage. La sensation était grisante. Je ne pensais qu'à cet air frais qui m'enivrait. Mon esprit, d'ordinaire si agité, se repaissait de plénitude. Je ne m'étais jamais émerveillé devant quoi que ce soit auparavant, à croire que j'étais né avec un voile devant les yeux. Un voile qui m'empêchait de connaître mon environnement tel qu'il était réellement.

Mais ce matin, à la fenêtre, le voile s'est envolé. Il n'y avait plus rien entre le monde et moi. Pour la première fois, je le voyais sans filtre. Je l'effleurais du bout des doigts. Je le humais. La satisfaction que j'en tirais était extraordinaire. Inégalable.

Mon euphorie atteignait son paroxysme lorsque le plancher a craqué dans la cage d'escalier. Chacune des marches a grincé à tour de rôle et Maman est apparue à la porte du salon.

« Mon pauvre enfant ! s'est-elle insurgée. Tu as perdu la raison ! S'asseoir devant une fenêtre grande ouverte par un froid pareil ! Si avec ça tu n'attrapes pas mal, tu pourras remercier le Ciel ! »

Je n'ai pas bougé.

« Pour l'amour de Dieu, a-t-elle imploré, ferme-moi cette fenêtre ! »

Puisque je ne réagissais toujours pas, elle voulut le faire elle-même. Elle avançait péniblement, par petits pas saccadés (Maman souffre d'une mauvaise circulation qui rend ses jambes lourdes), si bien qu'il lui a fallu une bonne minute pour atteindre la fenêtre. Cette minute m'a paru une éternité. Au bout du compte, Maman a violemment repoussé les deux battants, qui ont claqué sous l'effet de sa colère.

Je n'avais pas quitté mon fauteuil. J'écoutais d'une oreille distraite les réprimandes qui m'étaient adressées, sans réagir. Je tentais de recouvrer l'état de plénitude qui m'avait habité avant que Maman n'apparaisse dans le salon, mais n'y parvenais pas. J'étais fâché d'avoir été interrompu dans un moment où mon existence prenait du sens, et où elle me paraissait enfin agréable. Ma lassitude était totale. J'en voulais à Maman.

Comme je restais muet face à ses remontrances, elle m'a envoyé chercher le journal pendant qu'elle préparait le petit-déjeuner. Pas mécontent de me voir imposer cette sortie, j'ai enfilé mon pardessus et me suis mis en route.

L'homme qui tient le kiosque à journaux me connaît : c'est chez lui que j'achète le quotidien chaque jour. Comme tous les matins, il m'a adressé ce « Bonjour, monsieur ! » qui sonne si étrangement à mon oreille. Je ne saisis pas bien pourquoi l'on se fonde sur une caractéristique aussi contingente que mon sexe pour me saluer. Vu que l'homme du kiosque est chauve, j'aurais légitimement pu lui lancer un « Bonjour, le Chauve ! » tout aussi enjoué, ce qui n'aurait pas été moins absurde, mais, par souci de bienséance, je me suis abstenu. C'est donc malgré moi que je lui ai rendu son « Bonjour, monsieur » fade et méprisant.

Il m'a demandé ce qu'il me fallait, je lui ai dit : « Comme d'habitude », et l'affaire était réglée. Dix minutes plus tard, je poussais la porte de la maison.

Maman était assise à la table de la cuisine et buvait sa « tisane du matin ». Une forte odeur de thym embaumait la pièce. J'ai perçu dans cette odeur un reproche implicite de la part de Maman qui, pour se prémunir contre un éventuel « rhume de cerveau », avait chargé sa tasse de plantes séchées.

Je me suis installé en face d'elle et lui ai tendu le journal. Elle m'a dit qu'elle le lirait plus tard : pour l'heure, elle n'avait « pas la tête à ça ». J'avais toutefois le droit d'y jeter un œil si j'en avais envie. Ce droit qu'elle m'accordait était exceptionnel. En temps normal, c'est Maman qui ouvre le journal en premier. J'ai sauté sur l'occasion et ai commencé à le feuilleter.

Les titres du jour ne m'intéressaient pas beaucoup et je suis rapidement arrivé aux dernières pages du quotidien : celles où se chevauchent l'horoscope, d'incertaines prévisions météorologiques et quelques petites annonces certes dérisoires, mais qui ont de quoi divertir. L'une d'entre elles a retenu mon attention. Elle présentait ceci : « *Femme, 49 ans, 85 kg pour 1,64 m, cherche homme gentil pour vivre avec sa mère dans la Creuse.* »

J'ai relu l'annonce plusieurs fois jusqu'à n'en plus comprendre les termes. Ces lignes provoquaient en moi un malaise. L'atmosphère glauque émanant de l'annonce me laissait poisseux. J'avais de la peine pour la femme.

J'ai relevé les yeux vers Maman, qui buvait la dernière gorgée de sa tasse en me fixant.

« Eh bien, les nouvelles sont bonnes ?

— Oui, oui », ai-je marmonné avant de revenir à ma double page.

Sous les annonces de rencontres, figuraient les offres d'emploi de la région. Les postes à pourvoir dans notre commune sont rares, actuellement. Aussi ai-je été surpris de lire le nom de notre ville parmi les offres du jour. L'annonceur recherchait une « personne motivée, sans prérequis particuliers, pour travaux de désinfection ». L'entreprise était spécialisée dans l'élimination des rongeurs.

L'annonce m'a d'abord amusé. À bien y réfléchir, il était curieux de payer des gens pour courir après les rats. Cette activité semblait triviale au premier abord.

Mais après tout, pourquoi pas ? ai-je pensé.

Je me suis alors imaginé chasseur de rongeurs. En exerçant une telle profession, me disais-je, je ne passerais pas inaperçu ! Dès que j'entrerais dans une maison, on chuchoterait : « C'est l'homme qui tue les rats », et ce statut particulier me rendrait fier. Ma personne ne serait plus réductible au vulgaire titre de « monsieur » que tout le monde m'attribue par défaut, à commencer par le chauve des journaux. Je pourrais arriver devant son kiosque, vêtu de mon habit de travail, et lui lancer :

« Eh bien, très cher imberbe, ne savez-vous pas qui je suis ? » À coup sûr, il serait interloqué. Je m'exclamerais alors : « Ha ! Je suis l'homme qui tue les rats ! », après quoi je détalerais sans même acheter le journal, abandonnant le chauve bras ballants derrière son comptoir.

Cette divagation de mon esprit s'est conclue par un éclat de rire que je n'ai pas su contenir. Maman – qui, de son côté, ne riait pas – a voulu savoir ce qui m'amusait tant. Je ne lui ai pas répondu, car déjà, je replongeais dans mes pensées. À force de réflexion, j'ai fini par me convaincre que cette offre d'emploi m'était destinée. Elle m'était envoyée comme une grâce pour me sortir d'une routine qui, je l'avoue, m'est parfois pesante.

Maman m'a rappelé à l'ordre. Je lui ai lu l'annonce à voix haute, sans cacher l'intérêt qu'elle avait éveillé en moi. Aussitôt que je me suis tu, Maman m'a lancé un regard courroucé. Elle tremblait. Ses petits yeux clairs et bordés de ridules se sont chargés de larmes.

« Quelle idée ! s'est-elle exclamée. Un travail ! Et pour quoi faire ? Je te loge, te nourris et te donne ton argent au premier du mois. Ce n'est donc pas suffisant ? »

Le plus calmement possible, je lui ai expliqué qu'il ne s'agissait pas de ça, qu'elle subvenait effectivement à mes besoins et qu'en aucun cas je ne l'accusais d'avarice ; mais qu'il me semblait judicieux de gagner mon propre argent afin de ne plus dépendre d'elle financièrement. Ainsi pourrait-elle s'octroyer des plaisirs dont elle se prive peut-être en me remettant chaque mois une somme qui, je dois le dire, n'est pas négligeable.

« Mensonges ! s'est-elle indignée. Et qu'est-ce que j'en ferais, moi, de cet argent ? Tu es mon seul fils, mon unique enfant, et je ne suis qu'une vieille infirme qui finira bientôt à l'hospice si personne ne s'occupe d'elle la journée ! Non, tu ne me dis pas tout, je le vois bien. Il y a une fille là-dessous, n'est-ce pas ? Une aguicheuse qui te promet monts et merveilles pour que tu lui offres des tas de bijoux et d'autres fantaisies ! Je le vois gros comme une maison. C'est bien égoïste de ta part, mon garçon, que de laisser ta pauvre maman livrée à elle-même. Et pour faire quoi ? Courir à droite et à gauche toute la semaine, te tuer à la tâche, et recevoir un salaire de misère qui servira à gâter une petite sotte capricieuse ! »

Je gardais le silence.

Maman disait vrai à propos de mon confort matériel : une chambre convenable m'est allouée (bien qu'elle soit défraîchie, comme le reste du logis), je mange à ma faim et reçois en effet chaque mois une somme coquette grâce à laquelle je m'offre ce qui me plaît.

Si Maman m'accorde cet argent mensuel, c'est que son compte en banque le lui permet. Cette aisance financière, à défaut d'être le fruit d'une longue vie de labeur, lui vient d'un héritage perçu une quinzaine d'années auparavant. Un après-midi, le téléphone avait sonné. On avait annoncé à Maman que l'intégralité des possessions de M. et Mme Belœil lui revenait de droit. M. et Mme Belœil étaient nos voisins de l'époque. C'était un couple d'une soixantaine d'années. La femme était issue d'une famille bourgeoise ; le mari, d'une famille ouvrière. Tous deux étaient aveugles de naissance, raillés à cause de leur nom, mais heureusement pleins de dérision. Maman faisait le ménage chez eux deux fois la semaine. Ils étaient toujours gais. Puis un matin, ils sont morts. Leur décès avait fait la une des journaux, et pour cause : les deux sexagénaires s'étaient donné la mort en même temps. Avant de passer à l'acte, ils avaient pris le soin d'avertir la police par courrier, et de laisser la porte de leur maison ouverte. On avait découvert les corps des époux enlacés sur leur lit, une boîte de somnifères vide sur la table de chevet. Pas de lettre, pas de descendance ; juste un testament, lequel léguait la fortune des défunts à leur *gentille aide-ménagère*, Mme Françoise Sommer.

À la suite d'un rendez-vous chez le notaire, Maman avait hérité d'un beau pécule qui lui avait permis d'acheter notre maison (qu'elle louait jusqu'alors, faute de moyens) et de s'octroyer une retraite avant l'heure. Au lendemain du rendez-vous, elle avait déposé sa démission à l'épicerie qui l'employait depuis près de vingt ans. Ce poste ne figurait pas parmi les plus éreintants, mais Maman se disait soulagée de le quitter, car sa santé « se dégradait à vue d'œil ». Elle n'avait pourtant que la cinquantaine.

Je venais alors d'atteindre la majorité. Le lycée touchait à sa fin et la question des études supérieures se posait. Maman me conseillait un parcours artistique. J'ai ainsi survolé diverses disciplines dans ma jeunesse, m'essayant une année à la littérature, puis à la musique l'année suivante, etc. Mais aucun art ne parvenait à éveiller mon intérêt. Chaque fois que j'abandonnais un cursus, Maman s'empressait de me dire que ce n'était rien. Pour elle, j'étais un artiste, et en tant que tel, je possédais des talents innés qui ne s'apprenaient pas sur les bancs d'une école. Selon son humeur, elle me voyait écrivain illustre, musicien célèbre, peintre de renommée, ou tout cela à la fois. Sans cesse, elle me répétait que j'avais l'âme d'un créateur : j'accomplirais de grandes choses et connaîtrais la gloire tôt ou tard.

J'ai fini par me lasser de ces cursus qui n'aboutissaient à rien. Maman a alors achevé de me convaincre que le corps universitaire ne m'offrirait jamais un épanouissement total. Elle me suggérait désormais de m'adonner aux arts de façon autonome, car comme tout artiste véritable, j'étais un « autodidacte ». Ce trait de caractère, prétendait-elle, me permettrait de développer mes facultés à mon rythme, sans quitter le cadre chaleureux et sécurisant du logis.

Maman pensait par ailleurs que les universitaires ne valaient rien ; qu'ils étaient pédants, vaniteux, barbants au possible ; qu'ils s'enorgueillissaient de leurs vieux esprits étriqués et poussiéreux ; qu'il valait mieux, en somme, ne pas les fréquenter. Quant aux étudiants, ce n'étaient que des « blancs-becs », de pauvres coquelets en quête de basse-cour, prétentieux du fait de leur jeunesse et sots comme des lapins de six semaines. La plupart des jeunes hommes étaient bas d'esprit et repus de trivialité. Ils ne se préoccupaient que de filles qui, toujours selon Maman, ne valaient pas mieux. Celles-ci étaient aussi perverses que les hommes, voire plus. Les approcher, c'était déjà se pervertir : depuis l'école primaire, Maman m'avait prévenu. J'avais jusque-là maintenu une distance avec mes camarades et m'étais refusé à toute amitié, mais il fallait croire que ce n'était pas suffisant. « Tu t'encanailles », me disait Maman pour un mot prononcé de travers au retour de l'université. Et malheur à moi si, en révisant ma littérature, je murmurais « Voltaire » ! Maman étant pieuse, c'était la crise de nerfs. Les professeurs, hurlait-elle, me mettaient de sales idées dans la tête. Ce monde n'était pas fait pour les êtres purs ; il était fou et n'attendait que de me dévorer, moi, innocent que j'étais !

Puisque je n'étais pas du genre à contrarier Maman, j'ai fini par accepter ses arguments sans ciller. Après tout, elle était seule à la maison, sa santé se détériorait, et elle avait besoin de quelqu'un qui veillerait sur elle. Il était de mon devoir d'être ce *quelqu'un*. C'est ainsi que j'ai mis un terme à ma vie universitaire.

J'ai compris, mais trop tard, que ce dénouement avait été voulu par Maman dès le début. Si elle m'avait, dans un premier temps, orienté vers un parcours littéraire, c'était parce qu'elle estimait que cette branche d'étude ne débouchait nulle part. Elle s'était doutée que le découragement me détournerait de l'université ; que je reviendrais à la maison la queue entre les jambes, résigné, et que, par facilité, j'accepterais de vivre à sa charge, puisque sa situation financière le permettait. Toutes ses louanges concernant mes prétendus talents cachés, elle ne les avait jamais pensées. Ses promesses de grandeur n'avaient été que des flatteries censées me rendre docile.

Il va sans dire qu'une fois le temps des études révolu, ma *fibre artistique* s'est rompue. À compter de ce jour, Maman n'a plus évoqué mon avenir d'écrivain, ni de peintre, ni d'autre chose. Je n'étais plus que son fils et j'avais pour rôle de lui tenir compagnie. Elle avait gagné.

En définitive, j'ai toujours vécu avec Maman. Il était donc prévisible que mon intérêt pour la petite annonce du journal la laisse coite. Jamais, au grand jamais, n'aurait-elle cru qu'il me viendrait un jour l'envie de travailler.

Elle me fixait d'un œil méchant, à l'autre bout de la table. Je sentais qu'il était inutile de discuter : quels que soient mes arguments, elle ne saurait les entendre.

Je me suis levé, suis allé dans l'entrée et ai saisi le téléphone. Le journal à la main, j'ai composé le numéro de l'annonce. Mon interlocuteur a décroché presque aussitôt, d'une voix nonchalante. Je me suis présenté à lui en expliquant que je venais de lire l'offre dans le quotidien.

« Ah, très bien, a-t-il dit sur un ton égal. Et vous êtes intéressé par le poste ? »

Cela allait de soi. Autrement, pourquoi aurais-je appelé ? Je lui ai confirmé que l'emploi m'intéressait.

« Eh bien, c'est entendu, a fait l'homme au bout du fil. Venez demain matin à huit heures trente pour un essai. »

Je l'ai remercié.

Ayant reposé le combiné, je suis retourné m'asseoir à la table de la cuisine.

Maman n'avait pas bougé d'un millimètre. Ses yeux étaient exorbités.

« Mon fils... a-t-elle articulé avec douleur. Pourquoi me fais-tu ça ? »

La scène prenait des airs trop dramatiques à mon goût. Le plus sereinement possible, j'ai tenté un apaisement :

« Ne sois pas fâchée, Maman. Tu te rappelles ce qu'a dit ton médecin : la moindre contrariété use tes nerfs. Ce n'est pas bon de te fâcher comme ça. »

Puis nous n'avons plus prononcé un mot.

6

Mardi

Je me suis présenté à l'entreprise de dératisation à huit heures trente, comme prévu.

Un homme m'attendait à la porte. Un grand maigre, qui portait une combinaison de travail et une mallette noire. Il m'a salué d'une voix nasillarde que j'ai reconnue du premier coup : c'était à lui que j'avais eu affaire, la veille.

Lorsque nous nous sommes serré la main, ses ongles jaunâtres se sont enfoncés dans ma chair. Ils étaient d'une longueur que je n'avais jamais vue chez un homme. Ses dents étaient de la même teinte. Je devinais là un gros fumeur.

Une camionnette stationnait devant l'entreprise. Sur chaque portière du véhicule, on pouvait lire : *Camusot père et fils, dératisation*. Je me suis installé sur le siège passager et nous nous sommes mis en route.

Durant les premiers kilomètres, nous n'avons pas échangé un mot. Je ne trouvais rien à dire. Mon partenaire ne semblait pas gêné par ce silence ; il n'avait tout simplement pas envie de discuter. Discrètement, je l'ai examiné du coin de l'œil. Il avait la physionomie d'un rat. Outre ses dents jaunes, longues et déchaussées qui dépassaient de sa bouche constamment entrouverte, il arborait un nez interminable dont le bout rosé m'évoquait un museau. Des sourcils broussailleux se rejoignaient à la racine de ce nez pour ne former qu'une seule bande pileuse, foncée et infernale. C'était un vieux rat : en témoignait son crâne à demi dégarni.

En somme, l'homme était fort laid. J'ai supposé que c'était par dégoût pour sa propre apparence qu'il exerçait ce métier. J'imaginais le bonhomme sur les bancs de l'école, quarante ans plus tôt, son museau planté dans des livres et ses dents mordant malgré elles sa lèvre inférieure, humilié par un tas de quolibets et de surnoms relatifs aux rongeurs. Comment un garçon pareil aurait-il pu ne pas devenir un tueur impitoyable, cherchant à éliminer tout ce qui le renvoyait à son physique ingrat ? Il y avait une logique dans ce parcours de vie. Une inéluctabilité, pourrait-on dire. Cet individu était né rat et mourrait rat. Entre-temps, il se serait vaguement agité, pourchassant et assassinant ses semblables. Cette activité avait au moins l'avantage d'être lucrative : dans notre ville, les rats courent les rues. Il n'empêche que, dans le fond, j'ai trouvé cette histoire un peu triste.

Le silence commençait à peser dans la camionnette. Afin de le briser, j'ai articulé sans réfléchir la première chose qui m'est venue :

« J'aime bien les rongeurs. Les rats sont des animaux intelligents, vous savez. C'est du moins ce qu'on dit. Après tout, je n'ai aucun moyen de m'en assurer, n'étant pas un rat moi-même. »

L'homme a détourné son regard de la route pour me jeter un coup d'œil incrédule.

« Que faites-vous dans cette camionnette si vous aimez les rats ? », s'est-il offusqué.

L'outrage était palpable.

« Je ne vois pas le rapport, ai-je riposté. Rien ne nous empêche de tuer ce qu'on aime, à condition d'avoir une bonne raison de le faire. La littérature et l'histoire sont remplies d'exemples qui vont dans ce sens. »

À l'expression de mon interlocuteur, je devinais qu'il me prenait pour un demeuré. Ce que je tentais de démontrer me paraissait pourtant évident, mais je n'ai pas insisté. Mes dernières paroles ont résonné dans l'habitacle pendant quelques instants, puis l'homme a lancé un nouveau sujet :

« Que faisiez-vous dans la vie jusqu'à présent ? »

Je lui ai expliqué que je m'occupais de Maman.

« Je vois, a-t-il marmonné. Quel âge a-t-elle ?

— Soixante-six ans.

— Et vous-même, quel âge avez-vous ?

— Trente-trois ans.

— Ne vous formalisez pas, mais je vous aurais donné plus. Paraître plus vieux est une bonne chose pour un homme, vous savez. C'est signe de sagesse. Si vous aviez été une femme, ç'aurait été différent, bien sûr. Tout le monde sait que les femmes vieillissent moins bien. »

Dès qu'il parlait, j'étais hypnotisé par ses lèvres. Une salive blanchâtre en souillait les commissures, sa bouche dégageait une haleine fétide mêlant des odeurs de tabac et de vieux poisson, et ses dents jaunes dansaient frénétiquement à chaque syllabe.

Nous avons ensuite gardé le silence jusqu'à notre destination. Il s'agissait d'un petit pavillon quelconque. Sa façade était en meulière et une marquise délabrée surplombait la porte d'entrée, elle-même ravagée par les effets du temps. Le jardin n'était plus entretenu depuis des lustres. Aucun ordre n'y régnait.

La personne qui nous a ouvert était à l'image de son habitation. C'était une petite femme toute bossue à laquelle je donnais quatre-vingts ans. Elle avait un visage strié de rides profondes et des cheveux rassemblés en un chignon qui oscillait entre l'ocre et le gris. Ses dents étaient rares. Un duvet étonnamment fourni ornait le dessus de sa bouche.

Nous sommes entrés. Après avoir procédé à une brève inspection des lieux, mon compagnon a sorti de sa mallette une dizaine de pièges, qu'il a disposés à des endroits stratégiques de la maison. Il a expliqué à la vieille femme qu'il avait relevé de nombreuses traces trahissant la présence de nuisibles, et qu'à ce stade, on pouvait parler d'invasion. La première chose à faire était d'endiguer la prolifération des rongeurs, car ces animaux se reproduisent à une vitesse folle. Il fallait agir *rapidement*, a-t-il insisté, sans quoi la bâtisse serait bientôt rongée de toutes parts. Pour l'heure, la priorité était donc de neutraliser les femelles gestantes avant qu'elles ne mettent bas.

Le destin de ces femelles rongeurs m'a laissé froid. Si leurs petits étaient « tués dans l'œuf », ils ne ressentiraient pas de douleur – ou alors très peu – et on leur épargnerait la vie de misère qui leur était promise. En d'autres termes, c'était leur rendre service que de les priver de cette vie. Quant à leurs mères, elles souffriraient une seconde et c'en serait terminé. J'avais lu que certaines dévoraient leur progéniture à la naissance. C'était une raison suffisante pour ne pas les prendre en pitié. D'autre part, le fait qu'elles soient fécondées ne devait pas nous émouvoir ni nous retenir de les piéger : personne ne leur avait demandé de se faire engrosser.

J'ai en horreur cette propension qu'ont les animaux à s'accoupler de manière irraisonnée. Ceux-là n'obéissent qu'à des pulsions primaires dont ils sont les esclaves. Les humains ne dérogent pas à cette règle, et à chaque seconde qui passe, c'en sont des milliers qui s'adonnent à des parades dégoûtantes et autres pratiques inavouables. Voilà une vérité que je dois énoncer à regret : l'Homme ne mérite pas sa majuscule pompeuse, car il n'est rien d'autre qu'une bête.

Je ne suis malheureusement pas épargné par cette bestialité qui sommeille en chacun et qui attend l'heure propice pour se manifester. Si l'on pointait sur moi un revolver tout à coup et que l'on menaçait de presser la gâchette, quelle serait ma réaction ? Resterais-je statique, pétrifié, ou bondirais-je sur mon assaillant pour le griffer, le mordre, tordre ses bras, son cou, et peut-être le tuer ? Il m'est impossible de le savoir. Il y a, en revanche, une chose dont je suis sûr : ce ne serait pas moi qui dicterais mes mouvements à ce moment-là. Ma raison serait étouffée par ces réflexes primitifs dont l'unique but est de me maintenir en vie. Une fois le danger écarté, je serais sans doute incapable de justifier mes actes, car ils n'auraient pas émané de ma volonté, mais de quelque chose de plus profond ; quelque chose d'étranger et d'inaccessible : l'instinct de survie.

Nous ne sommes pas restés plus d'un quart d'heure chez la vieille femme. En quittant la maison, mon partenaire m'a confié qu'en réalité, il n'y avait pas la moindre trace de rongeur dans la bâtisse et que la vieille devait perdre la tête. La solitude, m'a-t-il expliqué sur un ton rieur, fait voir et entendre beaucoup de choses qui n'existent que dans l'imagination. Dans ce cas, il fallait « jouer le jeu », placer un piège ici et là, de façon à rassurer les âmes esseulées. Ces dispositifs suffisaient à chasser les hallucinations des plus gâteux. Pour un temps, du moins, car d'autres lubies viendraient bientôt prendre le relais, mais celles-ci ne seraient plus du ressort de l'homme-rat. Quoi qu'il en soit, il ne s'en plaignait pas : la sénilité profitait à ses affaires.

En remontant dans la camionnette, j'ai jeté un dernier regard à la maison. Elle m'est apparue encore plus triste et décatie qu'en arrivant. Au carreau de la cuisine, la femme nous observait. Elle écartait le rideau d'une main et me faisait « au revoir » de l'autre. À défaut de lui rendre son geste, j'ai affecté un sourire. Je n'avais pas la force de lever mon bras, ne fût-ce que pour lui adresser un signe. À l'évidence, il y avait longtemps qu'elle n'avait pas reçu quelqu'un chez elle. Les rats n'étaient peut-être qu'un prétexte pour voir du monde.

Sur cette réflexion, j'ai claqué la portière du véhicule qui a démarré sans délai. Dans le rétroviseur, j'apercevais toujours la vieille qui agitait sa main à la fenêtre.

Derrière elle, il n'y avait que de l'ombre, comme si sa cuisine était baignée d'obscurité. Elle a fini par relâcher le rideau, puis elle a fait demi-tour et s'est enfoncée dans les ténèbres qui l'ont engloutie tout entière.

Une nausée m'a pris et ma tête s'est mise à tourner. La scène à laquelle je venais d'assister m'avait ébranlé. Cette pauvre femme, avalée par l'obscurité de son logis, dévorée par la vacuité de son existence… Cette petite vieille toute décrépite dont la mort prochaine ne changerait rien pour personne – pas même pour elle, dont la vie n'était que néant… Oui, c'est cela qui m'a retourné l'estomac. Car depuis toujours, j'ai peur du néant. Je l'abhorre sous toutes ses formes. Au premier pont venu, je n'ai qu'à me pencher au parapet, et voilà que le vide m'aspire. La nuit, j'aperçois le ciel étoilé, noir et insondable, et la terreur me fige.

Mais de toutes les vacuités qu'il m'est permis d'effleurer, c'est bien la mort qui me fait le plus horreur. Je la maudis, la méprise et la hais, sans toutefois pouvoir la vaincre. Pas un jour ne passe sans que mon esprit la frôle. Des questions m'assaillent, que des millions d'autres se sont posés avant moi : pourquoi donc suis-je venu au monde, si ce n'est pas pour y rester ? Pourquoi Maman m'a-t-elle donné cette vie dont je serai privé, tôt ou tard ? Pourquoi ce vide ultime qui menace de nous avaler à tout instant ? J'en viendrais presque à dédaigner tous ces défunts qui n'ont pas su combattre la mort et qui, résignés à leur sort misérable, s'y sont bassement soumis. Du fond de leurs caveaux, ces macchabées me renvoient à ma fin inéluctable, laquelle poisse mon quotidien de ses promesses macabres.

Aussi, après avoir été troublé par la vue de la femme tout usée et si seule au crépuscule de sa vie, une espèce de dédain m'a envahi. D'un coup, cette vieillarde courbée par le poids des décennies, au chignon jaunissant et à la denture clairsemée, m'a paru abjecte. Je me suis surpris à maudire la décrépitude et l'affaissement de son corps frêle. J'avais perçu qu'elle ne luttait pas contre ce délabrement ; qu'au contraire, elle le subissait comme si elle se complaisait dans sa triste condition. Tout son être se putréfiait et elle ne faisait rien pour l'en empêcher. Elle était le témoin passif de sa propre déchéance. Comment pouvait-on se montrer si docile devant la mort ? L'espace d'une seconde, j'ai haï la vieille de toute mon âme.

La camionnette filait à travers les rues de la ville. La conduite de mon compagnon était brusque, ce qui n'arrangeait rien à mon irritation. Je n'avais qu'une envie : m'extirper du véhicule, me libérer de ce rat infâme qui allait de maison en maison pour grignoter les économies de sinistres vieillards en mal d'affection. Leur solitude lui profitait. Il se rendait complice de la sénilité et de la mort qui s'ensuivait. Ou plutôt, il *était* la Mort. Lorsqu'il quittait ces loques humaines, il fauchait leurs derniers espoirs en leur rappelant qu'ils étaient seuls. Pour cette raison, je l'ai haï, lui aussi.

Je lui ai dit que j'avais mal au cœur, ce n'était pas entièrement faux, et lui ai demandé s'il était possible de faire une halte. Il s'est exclamé :

« Eh bien, mon vieux, il faudra vous y faire ! Si la route vous rend malade, je n'ose pas imaginer votre réaction à la vue du sang ! »

Le véhicule a ralenti et nous nous sommes tout de même arrêtés. J'ai ouvert la portière et, en descendant, j'ai lancé à l'homme :

« Estimez-vous heureux de ne pas ressembler à un phacochère : vous n'auriez pas fait fortune sous nos latitudes ! »

Puis j'ai tourné les talons et suis rentré à la maison.

En me voyant revenir de si bonne heure, Maman a eu bien du mal à réprimer un sourire. Je devinais qu'elle avait envie de me dire : « Tu vois, mon garçon, je t'avais dit que tu n'étais pas fait pour ça ! », mais elle s'est contenue.

L'heure du déjeuner approchait. Maman a dressé la table un peu plus rapidement que d'ordinaire. Elle paraissait exaltée. Une énergie nouvelle l'animait. La lourdeur de ses jambes s'était évanouie.

Pendant qu'elle finissait de réchauffer les restes de la veille, je me suis installé à table. À côté de mon assiette, trônait le journal que j'étais allé chercher le matin même, avant de me rendre à l'entreprise de dératisation. Maman l'avait consciemment placé là, en évidence.

Je l'ai ouvert sans m'intéresser aux grands titres du jour et ai tourné les pages jusqu'à la rubrique des annonces.

Les feuillets correspondants avaient été déchirés.

Ce constat m'a arraché une exclamation de surprise, et à ce moment précis, je suis bien certain d'avoir entendu une succession d'expirations brèves, à peine audibles.

Maman riait.

7

Mercredi

Quelle frustration plus intense que celle ressentie au sortir d'un beau rêve ? Sitôt que l'on entrouvre les yeux, la réalité reprend le dessus. De notre rêverie, on conserve quelquefois, au réveil, des souvenirs épars. On s'accroche alors à ces reliquats dans l'espoir de prolonger l'illusion, mais chaque clignement de paupière dissipe un peu plus le mirage. Une fois le rêve évanoui, il ne reste plus que ce corps physique qui nous pèse, et l'on regrette la légèreté vécue le temps d'un songe.

C'est cette frustration qui m'a saisi au saut du lit, quand j'ai compris que rien n'avait changé. Ces derniers jours, j'avais été bercé par de vains espoirs. Je m'étais cru sur le point de devenir quelqu'un. Mais ce matin, je restais un simple « monsieur » pour le chauve du kiosque à journaux, et je ne pouvais rien dire. Je n'étais qu'un homme parmi tant d'autres, en conséquence de quoi je devais partager ce titre de civilité, ce « monsieur » d'une vulgarité insoutenable, avec tous les anonymes de ce monde. Un inconnu au pays des inconnus : voilà ce que j'étais. J'étais fondu dans cette masse que personne ne remarquait et dont on ne se souciait pas. Cette pensée m'a profondément déplu.

En revenant du kiosque, je me suis souvenu que l'anniversaire de Maman était ce dimanche. Je me suis arrêté à une cabine photographique qui proposait des tirages en grand format. J'y suis entré et, en un rien de temps, j'avais la photographie en main. Je ne me trouvais pas à mon avantage sur ce portrait aux couleurs ternes, mais j'ai estimé qu'il ferait l'affaire.

J'allais me remettre en marche quand une voix m'a interpellé. Une jeune femme avançait d'un pas décidé dans ma direction. Elle souriait. Tout de suite, j'ai pensé qu'elle était belle. Elle portait un trench-coat beige, duquel dépassait le col d'un chemisier blanc. Ses talons claquaient sur le sol dans un rythme enjoué. J'ignorais l'identité de cette personne. Lorsqu'elle s'est retrouvée devant moi, elle a ouvert grand ses bras et s'est exclamée :

« Oh, Victor, comme ça fait longtemps ! »

J'ai dû avoir l'air surpris, car elle s'est empressée d'ajouter :

« Eh bien, tu ne me reconnais pas ? »

N'osant pas répondre par la négative, j'ai froncé les sourcils pour l'inviter à développer.

« C'est moi, Eugénie ! Nous étions à l'école ensemble », a-t-elle déclaré en arborant un large sourire.

J'avais effectivement connu ce prénom, au temps où j'étais collégien. Il m'était néanmoins impossible de faire le lien entre cette fille du passé – qui, à l'époque, souffrait d'un physique fort disgracieux et que la plupart de mes camarades surnommaient « Dents de lapin » – et cette jeune personne à l'apparence séraphique qui me faisait face. Sa denture parfaite, son visage dénué d'imperfections et sa chevelure admirablement arrangée différaient en tout point de celui qu'avait arboré l'Eugénie de ma jeunesse. Cette dernière avait toujours les joues couvertes de boutons, et ses cheveux luisants étaient constamment emmêlés. Elle portait des lunettes disproportionnées qui grossissaient considérablement ses yeux. Si par malheur elle les ôtait pour en essuyer les verres, les garçons se raillaient d'elle et l'appelaient « la Taupe ». Elle avait, de surcroît, la réputation de s'habiller mal, et mes comparses ne manquaient pas une occasion de le remarquer. Quand la petite Eugénie passait devant eux, ils l'apostrophaient et disaient n'avoir jamais vu de « sac à patates si joli ». S'ensuivaient de grands éclats de rire allant parfois jusqu'aux larmes.

En ce qui me concerne, je n'avais jamais pris part à ces moqueries. Lorsque l'on me parlait de « Dents de lapin », je hochais la tête, tout au plus, pour signifier à mon interlocuteur que je l'entendais, mais je me gardais de renchérir. Pour autant, je ne portais pas d'affection particulière à la fille. Je la trouvais laide, moi aussi. Seulement, je me taisais.

Quel ne fut donc pas mon étonnement, ce matin, devant la belle femme qui prétendait être la petite Eugénie ! Pouvait-on concevoir un changement si radical ? Assurément, non. Le passage d'une constitution si vilaine à une physionomie si distinguée dépassait mon entendement. Une telle métamorphose ne pouvait s'opérer. Et cependant, je devais me rendre à l'évidence. Çà et là, j'identifiais une mimique propre à l'Eugénie que j'avais connue autrefois. L'enveloppe s'était embellie, mais c'était toujours la même âme qui remuait là-dessous.

J'ai fini par rassurer la jeune femme en lui disant que, bien entendu, je me souvenais d'elle. Son visage, qui avait jusqu'alors affiché une joie éclatante, s'est tout à coup paré d'une émotion nouvelle. Les coins de sa bouche ont tremblé et ses yeux se sont mis à briller.

« Tu étais si gentil avec moi, à l'époque », a-t-elle articulé d'une voix chevrotante.

Cette déclaration m'a laissé sceptique. Comme je l'expliquais, je n'avais jamais éprouvé de sympathie particulière pour Eugénie durant ma jeunesse, et je doute même de lui avoir adressé la parole en ce temps-là. Mais à force d'être humiliée à tout bout de champ, Dents de lapin avait appris à vénérer les rares élèves qui lui fichaient la paix et se contentaient de l'ignorer. Or, j'avais été de ceux-là.

D'un coup, Eugénie a orienté la conversation vers moi.

« Et toi, que deviens-tu ? »

Cette question m'a heurté de plein fouet. Je ne pouvais pas lui avouer que je ne devenais rien. Je serais passé pour un idiot, voire un marginal. J'ai cherché une histoire intéressante à raconter : un destin palpitant, une vie trépidante, n'importe quoi, tant que c'était *quelque chose* plutôt que *rien*. Au bout du compte, je me suis ravisé, car je n'aurais pas été crédible dans mon mensonge. Honteusement, j'ai déclaré :

« J'habite seul avec Maman. »

Eugénie a ri.

« Dans un très vieil appartement, rue Sarasate... », a-t-elle chantonné.

Je n'ai pas tout de suite saisi la référence. Sans doute a-t-elle pensé que je manquais de culture musicale, ou bien d'humour, ou des deux.

Nous avons discuté une minute. J'ai appris qu'Eugénie travaillait à « l'administration communale ». J'ignorais ce qu'elle entendait par là au juste. Ça ne voulait rien dire. Mais elle avait l'air contente, alors je l'étais aussi.

Au terme de notre échange, Eugénie a suggéré que nous nous revoyions dans la semaine pour poursuivre la discussion. Elle avait « toujours eu envie de me connaître ». J'étais ébahi devant cette attention que l'on me portait si soudainement. Je n'en aurais pas espéré tant. Nous sommes convenus d'un rendez-vous dans une brasserie du centre-ville, ce vendredi soir.

À présent, je n'ai plus qu'une hâte : revoir la femme pour laquelle je suis plus qu'un simple « monsieur ».

8

Jeudi

Ce matin, et pour la toute première fois, je me suis rendu au cabinet du Dr Adam avec plaisir. La raison de mon enthousiasme était simple : j'avais rendez-vous le lendemain avec une belle femme qui s'intéressait à moi. Pour une fois qu'un tel événement se présentait, je comptais bien m'en vanter !

J'étais galvanisé au point de débouler en avance dans la salle d'attente. C'était une première. À mesure que les minutes s'égrenaient, mon excitation grandissait. Jamais Sigmund Freud, du haut de son étagère, ne m'avait vu si enjoué. En temps normal, je m'avachis dans l'un des fauteuils défoncés de la salle et j'attends mon tour comme le condamné attend l'exécution. J'ai toujours été réticent à voir un psychiatre. Ce n'est pas moi, mais Maman qui m'a poussé à consulter le Dr Adam, l'an dernier. Selon elle, j'étais « renfermé », et même « hostile à son égard ». Parler à un professionnel m'aiderait à « calmer mes humeurs ». Par un simple coup de fil, elle avait programmé mon premier rendez-vous chez un thérapeute dont elle avait « entendu beaucoup de bien ».

Aujourd'hui, cependant, je me tenais droit sur le fauteuil du cabinet. Je trépignais. Dès que le Dr Adam est apparu, j'ai bondi sur mes deux pieds, lui ai serré la main et suis entré dans la salle de consultation avant même d'y être invité. J'ai promptement pris place face à son bureau, prêt à accueillir la question maudite : « Comment les choses évoluent-elles pour vous ? » J'avais follement envie de le mettre au courant de mon rendez-vous à venir, en insistant sur le fait que la fille était jolie.

Le docteur, pour sa part, ne s'est pas hâté. D'un pas tranquille, il a contourné son bureau en bois massif et s'est installé sur son fauteuil capitonné. La scène s'est étirée dans le temps et j'ai eu tout le loisir de détailler ce cabinet que je fréquentais depuis un an. Un objet sur le bureau a attiré mon attention : une demi-sphère en verre dont le fond plat représentait un oiseau, et qui faisait office de presse-papiers. Cet objet, je le voyais depuis des mois sans y prêter attention. Séance après séance, mes yeux s'y fixaient afin d'éviter le regard du thérapeute lorsque je lui parlais. Si l'on m'avait demandé de décrire cette salle de consultation en détail, j'aurais été capable d'énumérer la plupart des éléments qui la composaient, mais en aucun cas je n'aurais songé à ce petit objet dérisoire qui, systématiquement, attirait mon œil.

Soudain, la voix du docteur a tranché l'air. Sa question est tombée comme un couperet :

« Comment va votre mère ? »

Le choc m'a coupé le souffle. Était-ce une plaisanterie ? Depuis le lever, je m'étais préparé à l'amorce habituelle, j'avais cent fois répété l'histoire que j'allais servir au docteur (je la connaissais par cœur, au mot près !) et voilà qu'il s'enquérait de la santé de Maman ! J'étais offusqué. Pendant un instant, j'ai même douté de la réalité de la scène.

« Comment va votre mère ? a répété le docteur.

— Maman va bien », ai-je rétorqué sèchement.

Le Dr Adam m'a ensuite demandé si je désirais reprendre la conversation là où nous l'avions laissée la semaine précédente. Je ne me souvenais plus où nous nous en étions arrêtés. Je le lui ai dit.

« Nous avions parlé de votre mère, a déclaré le psychiatre en relisant ses notes. Vous aviez évoqué la façon dont elle "violait votre pudeur", selon vos propres termes, durant vos jeunes années. Mais peut-être ne souhaitez-vous pas revenir là-dessus aujourd'hui. »

Je lui ai dit qu'effectivement, je n'y tenais pas.

La séance prenait une tournure inquiétante. Je ne me rappelais pas avoir tenu ces propos. Le Dr Adam n'avait pourtant aucun intérêt à mentir. Ainsi, ce devait être la vérité : je lui avais vraiment parlé de Maman et peut-être aussi de moi-même, par voie de conséquence. Mais dans ce cas, pourquoi n'en gardais-je aucun souvenir ?

Je me suis concentré pour retracer la chronologie du dernier rendez-vous. Je me rappelais nettement les premières phrases que nous avions échangées, l'allusion à Freud, puis le rapprochement que j'avais fait entre la figure du Dr Adam et celle de mon père. Mes souvenirs s'arrêtaient là. Le reste de la séance, je m'étais laissé absorber dans la contemplation du médecin. La discussion s'était poursuivie à mon insu, comme si j'avais été hypnotisé. Le docteur avait profité de cet état second pour m'arracher des confessions. L'enjeu était à présent de me remémorer la teneur de ces confidences. À en croire le Dr Adam, il avait été question de pudeur. Une pudeur à laquelle Maman avait attenté lorsque j'étais jeune.

J'ai réfléchi de toutes mes forces, passant en revue les souvenirs que m'évoquait ce terme de « pudeur ». Il y avait bien quelques fois où j'avais été gêné de me trouver nu devant Maman, dans ma jeunesse. Chaque fois que c'était arrivé, j'avais eu l'impression qu'elle se délectait de me voir dans mon plus simple appareil. Sûrement interprétait-elle ma nudité comme l'expression de ma vulnérabilité. Cela devait lui plaire, de sentir que j'avais besoin de sa protection ; que sans elle, j'étais nu. J'ai en mémoire ces nuits d'horreur où mon cauchemar me torturait ; ces nuits où Maman accourait pour m'embrasser et ôter mes sous-vêtements imbibés de sueur. Munie d'une serviette, elle me séchait en insistant sur les replis de mon corps, et je me sentais rougir. Quand cela se produisait, j'avais envie de disparaître six pieds sous terre. J'étais honteux de me faire éponger de la sorte, et je fermais les yeux pour ne pas avoir à subir la vision de cette scène.

Peut-être était-ce ce genre d'anecdote que j'avais relatée la semaine passée, mais je ne pouvais en être certain. Du reste, il n'était pas question d'avouer au psychiatre mon ignorance quant à cette conversation que nous avions eue.

Le docteur a lancé un nouveau sujet :

« Vous n'évoquez jamais votre père. Avez-vous quelque chose à dire à ce sujet ? »

La soudaine mention de mon géniteur m'a fait tressaillir. Cette interrogation ne pouvait pas être le fruit du hasard ; c'était un signe. J'ai décelé dans la question un sens plus profond, comme un sous-entendu. La semaine passée, j'avais jugé que le Dr Adam ressemblait curieusement à mon père. Cette semaine, j'allais plus loin dans mon raisonnement : et s'il *était* mon père ?

J'aurais pu réfuter cette idée folle en me disant que nous ne partageons pas le même patronyme, mais puisque mon père ne m'a pas reconnu à la naissance et que mes parents n'étaient pas mariés, c'est du nom de Maman que j'ai hérité. Celui de mon père ne m'a jamais été dévoilé. Ainsi, rien ne permettait d'affirmer que le Dr Adam n'était pas mon père.

Mais dans ce cas, pourquoi Maman, qui n'a presque jamais évoqué mon géniteur et ne m'a montré son portrait qu'une seule fois, m'aurait-elle consciemment envoyé chez lui ? Si le psychiatre était effectivement mon père, elle l'aurait forcément su.

Ou peut-être pas.

Tout bien réfléchi, elle avait *entendu* parler de la renommée de ce thérapeute, mais jamais elle ne l'avait *vu*. Le patronyme du docteur, s'il était identique à celui de mon père, aurait pu lui mettre la puce à l'oreille, mais tant de gens portent le nom d'Adam qu'elle ne s'était pas attardée sur ce détail.

J'ai donc échafaudé l'hypothèse suivante : mon père avait fui à ma naissance et avait voulu prendre un nouveau départ. C'est ainsi qu'il s'était fait psychiatre. Telle avait été son ambition secrète depuis toujours. Tout homme rêve de reconnaissance, et mon père n'avait pas résisté à cette soif d'approbation qui nous anime tous. Or, quel meilleur moyen d'être reconnu que de devenir médecin ? Mais entre-temps, il avait rencontré Maman. Cette dernière l'avait découragé d'aller au bout de son projet, car il fallait deux salaires pour subvenir aux besoins du couple. Cela ne laissait aucune place aux études. De surcroît, fréquenter un docteur implique de partager son conjoint avec une autre compagne : la médecine. Or, Maman, je le sais, n'est pas du genre à partager un homme. Pour la paix du ménage, mon père s'était alors détourné de son ambition la plus intime. Puis j'étais né. C'est à ce moment qu'il avait décidé de faire table rase, délaissant travail, femme et enfant, car tout cela l'enchaînait à une vie dont il ne voulait pas. En définitive, il était devenu le Dr Adam. Maman ne pouvait pas le savoir puisqu'elle n'avait plus aucun contact avec lui. Ainsi, elle m'avait envoyé en toute ignorance consulter l'homme dont elle censurait le nom depuis trente-trois ans.

Si mon hypothèse était avérée, ce ne pouvait être qu'un coup du destin, un comble ! Je voulais en avoir le cœur net. Je devais savoir si le Dr Adam m'avait engendré ou non. Pour ce faire, il me fallait être subtil. Je ne pouvais pas formuler de question trop directe : ç'aurait été indécent et je serais passé pour un impertinent.

Les phrases s'entrechoquaient dans ma tête. J'ai fini par en choisir une qui était assez claire sans en dire trop, et par laquelle le médecin comprendrait que j'avais saisi le message derrière sa question, si message il y avait.

« Avez-vous des enfants, docteur ? ai-je fait en le regardant fixement.

— Encore une fois, monsieur Sommer, il s'agit de *vous* et non de *moi*. Comprenez que ma situation familiale n'a aucune raison d'être évoquée dans le cadre de nos échanges. »

Son ton était ferme, inflexible. J'étais désemparé.

« Je ne sais pas grand-chose de mon père, ai-je dit honteusement pour revenir à la question initiale du thérapeute. Je ne l'ai pas connu et Maman ne m'a jamais parlé de lui.

— Avez-vous au moins une idée de ce à quoi il ressemble ? »

J'ai hésité.

« À vous », ai-je fini par lâcher.

Les sourcils du psychiatre se sont froncés. Un air grave s'est dessiné sur son visage. Ma déclaration l'intriguait.

Un malaise s'est installé entre nous. Sans prévenir, je me suis levé et me suis rué sur la porte. Le docteur, imperturbable, m'a regardé partir sans un mot.

9

Vendredi

Je n'ai pas fermé l'œil de la nuit. Aussitôt que mes paupières se baissaient, je me retrouvais face au psychiatre et revivais à l'infini la scène de la veille.

Jusqu'au matin, je n'ai cessé de revoir en boucle sa réaction lorsque je l'avais interrogé sur sa vie de famille, ainsi que mon départ précipité du cabinet. J'avais agi ridiculement. J'étais un bouffon doublé d'un lâche.

Les heures passaient et je me demandais si j'aurais le courage de retourner voir le docteur, à l'avenir. En vérité, la question ne se pose pas, puisque Maman y tient. Je n'ose imaginer sa rage si elle apprenait ce qui s'est passé hier. Comme elle se fâcherait si elle avait écho de mon indélicatesse envers le médecin ! Quant à l'hypothèse que j'avais forgée au sujet de mon père... Maman me dirait : « Bah ! qu'est-ce que c'est encore que ces lubies ! », et elle me qualifierait de fou. La connaissant, elle refuserait de m'adresser la parole pendant plusieurs jours pour m'être livré à de telles « niaiseries ».

Au risque de paraître entêté, j'avoue que le Dr Adam continue de m'intriguer. Sa réaction à ma question n'a fait qu'accroître mes suspicions. Pourquoi s'est-il montré si catégorique ? S'il n'avait pas eu d'arrière-pensées en mentionnant mon père, quel besoin avait-il de rejeter ma curiosité avec tant d'ardeur ? N'était-ce pas la preuve qu'il avait voulu jouer avec moi et qu'il avait pris peur en réalisant que je l'avais percé à jour ?

Ces conjectures peuvent paraître extravagantes. On n'aurait aucun mal à les admettre dans un scénario de cinéma, mais je ne suis pas l'acteur d'un film et personne ne daignera accorder quelque importance aux hypothèses que j'avance. Ne dit-on pas pourtant que la réalité dépasse la fiction ?

Qu'importe ! Je suis las de ces réflexions incessantes qui m'épuisent. Ce monde serait vivable si l'on n'avait pas besoin de le décrypter pour le comprendre. Malheureusement, tout nous est caché et il nous incombe de trouver un sens à ce qui nous entoure. J'aimerais tant accorder à mon esprit un peu de repos, m'extraire du tumulte, prendre congé de l'absurdité, oublier Maman, le Dr Adam et tous les autres.

Sauf peut-être Eugénie.

Je n'ai qu'à penser à elle et mes tracas se dissipent. La perspective de la voir ce soir suffit à donner un sens à ma journée. La vie, ma foi, tient à bien peu de chose.

10

NUIT DE VENDREDI À SAMEDI

Je viens de rentrer à la maison. Il est deux heures du matin.

Il m'est difficile de mettre des mots sur les émotions qui ont traversé ma soirée. Elles ont été si diverses, si contradictoires, que mon esprit s'en trouve embrumé.

En début d'après-midi, j'avais pris le soin d'informer Maman que je ne serais pas là pour dîner. Elle n'a rien cherché à savoir, mais à son regard, j'ai compris qu'elle me maudissait.

Eugénie et moi nous sommes rejoints devant la brasserie à l'heure convenue. Eugénie était plus sublime encore que l'avant-veille. Elle portait une robe depuis longtemps passée de mode, mais qu'elle avait remise au goût du jour rien qu'en la revêtant. Sa coiffure était tout ce qu'il y avait de plus sophistiqué. Chacune de ses boucles avait été savamment arrangée. En contemplant cette chevelure, j'ai loué le coiffeur dont elle était l'œuvre. Intérieurement, j'ai remercié cet artiste de s'être tant appliqué afin de me proposer cette vision délicieuse.

Eugénie rayonnait, comme la dernière fois que je l'avais vue. Elle affichait un sourire sincère doublé d'un regard tendre, peut-être admiratif. Je n'étais pourtant pas digne de la moindre admiration. À côté d'Eugénie, je paraissais ridicule. Je n'avais trouvé à mettre qu'une vieille chemise plus vraiment blanche et qui, au fil des années, s'était imprégnée de l'odeur de son armoire. Mon pantalon en velours côtelé n'était, lui non plus, pas de première jeunesse. Ma seule fantaisie avait consisté à appliquer sur mes cheveux un peu de brillantine, car je savais que cela plaisait aux femmes – sauf à Maman qui, me voyant partir ainsi, s'était méchamment moquée de mon allure.

Nous sommes entrés dans la brasserie. Bien que je n'aie pas l'habitude de me plier aux usages, j'ai tenu la porte à ma compagne. Elle avait l'air enchantée. Nous nous sommes installés à une table. Eugénie m'a regardé avec un sourire constant, puis elle a déclaré :

« Je suis si heureuse d'être ici, ce soir ! »

Je lui ai répondu, mais avec moins de fougue, que je partageais son ravissement.

« Pour tout te dire, a-t-elle repris, je ne sors pas beaucoup. Je n'ai jamais aimé sortir.

— Mais alors, me suis-je étonné, que fais-tu de ton temps libre ?

— Je lis, a-t-elle répliqué. Je passe ma vie à lire. Les livres, à mon avis, sont bien plus intéressants que les gens. »

J'ai reconnu qu'il y avait du vrai là-dedans.

« Je suis tout de même surpris qu'une femme comme toi préfère les livres aux hommes. Quel intérêt y a-t-il à être si belle si c'est pour le cacher ? »

À ce compliment déguisé, Eugénie s'est empourprée. Elle m'a demandé si je lisais aussi. Cela m'arrivait, ai-je confessé, mais contrairement à elle, je ne privais personne de mes charmes quand j'avais le nez dans un livre. Au contraire, c'était un service rendu à l'humanité : en m'isolant pour lire, j'épargnais au monde la vue d'un pauvre benêt. Eugénie s'est doucement insurgée :

« Voyons, Victor, je ne te permets pas de dire ça ! Tu es si dur avec toi-même ! »

C'était pourtant la vérité, quoi qu'Eugénie en dise. Il fallait admettre que nous n'étions pas tous égaux. Je lui ai expliqué qu'il y a, selon moi, deux façons d'habiter le monde : on peut vivre, ou l'on peut exister. Vivre, c'est tirer le minimum de notre présence sur terre, s'agiter inutilement pour des broutilles, courir à droite et à gauche sans but précis. C'est, en somme, le sort de la plupart des gens. Exister, c'est au contraire apposer son empreinte sur le monde, changer sa face et être quelqu'un aux yeux d'autrui. C'est aux « existants » que l'on consacre des livres. Les « vivants », quant à eux, se contentent de les lire.

« Et toi, dans quel camp est-ce que tu es ? a demandé Eugénie.

— Moi ? Je fais partie de ceux qui lisent.

— Tu ne préférerais pas être de ceux qui existent ?

— Qui n'a pas envie d'exister ? Beaucoup tentent leur chance, mais peu y parviennent. À mon grand regret, je ne possède pas les talents requis pour devenir quelqu'un. Tu vois bien que je suis quelconque. »

Eugénie a ri.

« Tout ce que je vois, c'est que tu es idiot ! Si tu es quelconque, alors je le suis également.

— Oui, ai-je admis. Mais toi, si tu le voulais, tu pourrais faire partie de ceux qui comptent. »

Nous nous sommes tus. J'ai interpellé un serveur qui passait. Il a pris notre commande et nous a apporté nos boissons. Pendant que nous les buvions, Eugénie et moi avons discuté de nos lectures respectives. Elle aimait surtout les grands classiques et s'intéressait aux sciences humaines. Elle adorait Freud. C'est le seul défaut que je lui ai trouvé de toute la soirée.

Nos verres vidés, Eugénie a voulu commander à manger. J'ai de nouveau interpellé le serveur et lui ai demandé le menu. Après l'avoir lu, Eugénie m'a proposé de partager avec elle un plateau de fruits de mer. Loin de me ravir, cette suggestion m'a écœuré. Je n'ai jamais pu souffrir la moindre nourriture marine. Du fait de mes cauchemars infantiles, j'ai toujours détesté ce qui a trait à l'océan. Je ne m'explique d'ailleurs pas que tant de gens aiment la mer. Après s'y être baigné, on en ressort sale, poisseux et frissonnant. C'est abominable. En outre, les poissons s'y reproduisent – et souvent au sein d'une même famille ! L'eau est chargée de leurs semences incestueuses, dans lesquelles nous plongeons naïvement à chaque baignade. De toutes les espèces animales, ce sont les poissons que j'aime le moins.

Les fruits de mer n'occupent pas une meilleure place dans mon estime. Leur simple dénomination m'arrache un haut-le-cœur. Je me figure des huîtres et des tourteaux mûrir dans des vergers balayés par des relents de marée basse. Quel est le criminel qui, en forgeant cette expression, a osé élever ces viles créatures au rang bien plus respectable des fruits ? Ces derniers poussent en hauteur, au plus près des cieux, et c'est cela même qui leur confère leur noblesse. Leurs formes arrondies, sublimes, de même que leurs couleurs exquises témoignent de leur divinité. À l'inverse, leurs pathétiques rivaux marins traînent toute leur vie, au fond de leur océan souillé, d'affreuses carapaces grisâtres et des pattes plus vilaines encore qui donnent des cauchemars aux enfants.

Par association d'idées, il m'est venu à l'esprit une autre expression pas moins sordide que Maman employait fréquemment, autrefois. Quand elle devait me présenter à quelqu'un, elle déclarait, non sans fierté : « Voici le fruit de mes entrailles. » J'ai si souvent entendu ces mots qu'ils ne pouvaient que s'imprimer dans ma mémoire. Par ailleurs, lorsque Maman s'adressait directement à moi, il lui arrivait de m'appeler « ma petite pomme d'amour ». Ce surnom renforçait mon impression que j'étais son fruit, mais aussi et surtout sa possession. Quelques années plus tard, tandis que je découvrais avec stupéfaction les mécanismes de l'anatomie humaine, je repensais à ces expressions que Maman avait tant utilisées pour me désigner. Je m'imaginais fœtus, captif de ses entrailles, flottant dans le liquide de sa matrice, comprimé par une prison de veines et de viscères. J'aurais pu m'estimer heureux de m'être extirpé, après neuf mois de détention, de cette cellule oppressante et inhospitalière, mais je n'avais finalement quitté cette prison que pour en investir une autre : la vie.

Eugénie a coupé court à ma digression en me lançant un « Victor ? » empreint d'impatience. Je m'en suis voulu de m'être encore égaré dans mes ruminations, alors que j'étais en si bonne compagnie. Je me suis juré de ne plus m'occuper que de ma compagne pour le restant de la soirée, et lui ai présenté mes excuses. Elle m'a demandé si je me sentais bien. Oui, tout allait pour le mieux.

« Bien, a-t-elle dit. Alors, ce plateau de fruits de mer ? »

J'ai rejeté la proposition en prétextant une allergie. La dernière fois que j'avais mangé des crustacés, ai-je menti, des boutons avaient recouvert la totalité de mon visage. Mon physique n'était-il pas suffisamment ingrat par nature pour que je lui inflige cette dégradation supplémentaire ? Eugénie m'a fait remarquer que je me dévalorisais beaucoup, et m'a prié d'y remédier. Elle était très sérieuse. Je me suis encore excusé. En fin de compte, nous avons tous les deux pris une blanquette de veau.

Le repas s'est déroulé dans un climat chaleureux. Nous avons parlé de toutes sortes de choses aussi triviales les unes que les autres. Nous riions et étions heureux. Exceptionnellement, je délaissais mon intellect pour faire l'expérience d'une conversation certes dérisoire, mais ô combien libératrice ! J'étais comblé.

Nous sommes sortis de la brasserie à vingt-deux heures. Le moment de la séparation était venu. Je m'apprêtais à retrouver ma solitude habituelle, qui ne serait que plus criante après une soirée si animée. J'allais prendre congé d'Eugénie quand celle-ci a attrapé mon poignet.

« Que penserais-tu de faire un saut chez moi ? m'a-t-elle demandé. J'aimerais tant te montrer l'endroit où je vis ! »

J'étais pris au dépourvu. Ma raison m'intimait de décliner l'invitation. Maman était seule à la maison, et à tous les coups, elle allait se trouver mal ce soir. Je rentrerais au beau milieu de la nuit et la découvrirais étalée au bas de l'escalier, ou sur le carrelage de la salle de bains. Je pouvais presque l'entendre m'appeler à l'aide et déjà, je la voyais agoniser, puis mourir, parce que je n'avais pas daigné rentrer à temps. Il était de mon devoir de retourner à la maison.

Je ne l'ai pas fait.

J'ai suivi Eugénie jusque chez elle. Nous avons marché une vingtaine de minutes sans parler. Il y avait entre nous une tension – pas désagréable, soit dit en passant – qui grandissait à chaque pas que nous faisions.

Lorsque nous sommes arrivés au pied de son immeuble, Eugénie a pris mon bras. Elle m'a expliqué que l'ampoule de l'entrée était grillée et que nous n'y verrions rien. Nous avons en effet traversé le hall dans l'obscurité, puis Eugénie s'est arrêtée et a pressé un bouton. Deux portes se sont ouvertes et une cabine d'ascenseur est apparue, projetant sur nous un faisceau quasi surnaturel qui nous a enveloppés. À la vue de cette lumière, quelque chose est monté en moi. Tout mon être est devenu électrique. Je sentais mon sang filer dans mes veines, propulsé par mon cœur qui battait comme un forcené.

La cabine de l'ascenseur était étroite : deux personnes y tenaient difficilement. J'y suis entré à la suite d'Eugénie. Son appartement se situait au dernier étage. Tout le temps de l'ascension, mon corps s'est retrouvé collé au sien. Nous faisions mine de pester contre cette exiguïté, mais intérieurement, nous nous en réjouissions. Le parfum de ma compagne embaumait la cabine ; il m'envoûtait, m'ensorcelait, à tel point que j'aurais pu périr à cet instant sans m'en trouver contrarié, tant que cette fragrance m'accompagnait dans la mort. Oui, j'aurais donné ma vie pour ce parfum.

L'ascenseur s'est immobilisé et un « clic » a annoncé son ouverture. Nous avons avancé jusqu'au bout du couloir. En un claquement de doigts, la porte était déverrouillée. Mon cœur a palpité au bruit du pêne dans la serrure. Eugénie m'a fait signe d'entrer.

L'appartement était un studio ordinaire, à cela près qu'il appartenait à Eugénie – ce qui le rendait remarquable. Son mobilier était simple, sans prétention, à l'exception d'une imposante bibliothèque qui contenait, au bas mot, sept ou huit cents ouvrages. Y figuraient, entre autres, les œuvres complètes de Zola, Balzac et Goethe. Une étagère entière était consacrée à Freud. Les livres qui la composaient étaient parfaitement alignés, sauf un : *Totem et tabou*. Du bout du doigt, je l'ai remis en place.

Eugénie m'a demandé si je « désirais quelque chose ».

« À boire », a-t-elle précisé, un sourire en coin.

Je n'avais pas soif, mais dans ce contexte bien spécifique, boire est un devoir social plutôt qu'un besoin physiologique. Chacun le sait, même les marginaux dans mon genre. J'ai donc demandé à Eugénie une infusion. N'importe laquelle ferait l'affaire. Les yeux de ma compagne se sont écarquillés et elle a pouffé de rire. Je me suis senti idiot.

« Une infusion ? Décidément, tu es un personnage ! »

Et elle est allée faire couler de l'eau dans une bouilloire.

Le temps que l'eau chauffe, Eugénie et moi nous sommes assis sur le sofa du salon. Eugénie a voulu savoir ce que je pensais de son antre. J'ai affirmé qu'il me paraissait tout à fait convenable et même agréable à vivre. En outre, le secteur avait l'avantage d'être calme.

« Très calme », ai-je répété, comme un écho.

Mes paroles résonnaient dans la pièce. « Très calme… très calme… très calme… » Eugénie me regardait avec un air assoiffé, recueillant chacun de mes commentaires comme une goutte de pluie dans le désert. Tout bien considéré, elle n'avait pas tant changé depuis nos années d'études. Elle était toujours cette fille en manque de reconnaissance, qui recherchait l'approbation à tout prix. Sa carence était manifeste.

« C'est un bel appartement », ai-je conclu.

Eugénie s'est rapprochée de moi sur le sofa. Nous nous touchions presque.

La bouilloire s'est alors mise à siffler. L'eau grondait. Eugénie s'est levée en soupirant, agacée de voir notre rapprochement interrompu. Elle n'a pas tardé à revenir et m'a tendu une tasse fumante. Je l'ai remerciée.

Il était minuit passé. Eugénie me l'a fait remarquer, l'air préoccupé. Ne voulais-je pas rester dormir chez elle ? À cette heure, les rues n'étaient pas sûres et il était risqué de les arpenter en solitaire, surtout qu'il me fallait compter une bonne demi-heure pour rentrer. J'y gagnerais à coucher sous son toit. D'autre part, et toujours selon Eugénie, je n'avais pas d'obligations de mon côté : rien ne m'empêchait de passer une nuit hors du domicile. Je lui ai rappelé que Maman était seule à la maison et qu'elle ne me pardonnerait jamais de l'avoir abandonnée du soir au matin.

« Au diable ta mère ! » s'est exclamée Eugénie.

Cet affront inattendu m'a d'autant plus stupéfait qu'il émanait d'une personne réputée docile. Sans me laisser le temps de répliquer, l'insolente s'est jetée sur moi, a enroulé ses bras autour de ma taille et m'a embrassé si fort que je sens encore, plusieurs heures plus tard, la pression de ses lèvres sur ma bouche. J'ai été pris de court.

L'instant suivant, Eugénie s'est assise sur mes genoux et a plongé son regard dans le mien. J'ai senti mes viscères se contracter comme pour contenir une énergie qui suppliait d'être libérée. Mon organisme entier bouillait, mais c'était dans mon bas-ventre que l'infernale ébullition prenait sa source. Cette sensation m'avait quelquefois assailli à l'adolescence, mais je l'avais toujours réprimée, car je savais que je me souillerais en y cédant. Ce soir, je n'avais toutefois ni la force ni la volonté d'y couper court. Ce bouillonnement, s'il continuait à croître, allait me faire perdre la raison. Il ne manquait pas grand-chose pour que j'implose. Je devais trouver un moyen d'éviter cela. Or, l'alternative à l'implosion était son contraire : l'explosion. J'étais semblable à l'autocuiseur qui, pour se soulager d'une trop forte pression, crache une rage de vapeur par sa soupape de sécurité. Je devais trouver ma soupape.

Eugénie s'est délestée de sa robe avec une aisance déconcertante. La seconde d'après, elle n'arborait plus qu'une lingerie fine. Sa gorge et son entrejambe étaient les seules parties de son corps qu'il m'était défendu de voir.

« Eh bien ? », m'a-t-elle lancé sur un ton enjôleur.

Elle a fait un tour sur elle-même, lentement, de sorte que je puisse admirer l'étendue du paysage de chair qui s'offrait à ma vue. Elle m'a tendu une main ; machinalement, je lui ai donné la mienne. Elle l'a prise et l'a posée sur le haut de sa cuisse. J'ai parcouru du bout des doigts le morceau de dentelle qui entourait sa taille. Eugénie souriait, encore et toujours. J'étais subjugué.

J'ai continué à caresser sa peau quelque temps. Au commencement, je restais libre de mes mouvements : il ne tenait qu'à moi de diriger ma main tantôt vers la cuisse d'Eugénie, tantôt vers son ventre. Mais au fil des secondes, je sentais qu'une force inconnue prenait le contrôle sur mes agissements. Peu à peu, je perdais mon libre arbitre, et arrivé à un certain stade, je n'avais plus aucune prise sur la situation. Je n'étais plus acteur de la scène qui se déroulait devant moi ; je la subissais. Un pantin : voilà ce que j'étais. En la circonstance, les gestes que j'effectuais et les paroles que je prononçais ne pouvaient m'être attribués, car ce n'était pas ma volonté qui les régissait.

En tant que spectateur passif de cette scène improbable, j'ai vu mes mains se poser sur les hanches de ma compagne. Vingt centimètres séparaient son ventre de mes pupilles frémissantes. Sa peau frissonnait.

Soudain, tout s'est accéléré. Mes mains ont tiré Eugénie vers moi et l'ont forcée à s'allonger de tout son long sur le sofa. Je me suis retrouvé à cheval sur elle, une jambe de chaque côté de son corps, la tête penchée sur son visage. Mes lèvres se sont écrasées contre les siennes. À ce moment, je me fichais éperdument de savoir si je dominais mes gestes ou non ; si j'étais leur maître ou leur esclave. Ces questions n'avaient plus de pertinence. Ma plénitude était si pure, si extatique que je me situais hors du temps et de l'espace. Jamais mon esprit ne s'était aventuré aussi loin de la terre. Paradoxalement, je ne m'étais jamais senti aussi libre.

Alors que je croyais avoir atteint le degré suprême du plaisir, quelque chose de plus extraordinaire encore m'a élevé à des sommets que la raison ne saurait concevoir. Dans la région inférieure de mon ventre, là où était né le bouillonnement, tous mes organes ont soudainement crié à l'unisson. Une contraction finale – ô combien supérieure aux précédentes ! – a agité tout mon corps sans en épargner la moindre parcelle, et j'ai connu la sensation la plus pure, la plus absolue, la plus prodigieuse qui soit. Si Dieu existe, c'est par cette sensation qu'il s'est manifesté à moi. De fait, ce que j'ai éprouvé à cet instant ne peut être qualifié que de « grâce ». J'ai subitement saisi le sens de cette fameuse sculpture du Bernin, *L'Extase de sainte Thérèse*. Cette œuvre m'avait paru grotesque au temps où j'étudiais les beaux-arts, car je ne la comprenais pas ; mais ce soir, j'étais Thérèse d'Avila, et Eugénie était l'ange plantant dans mon cœur la flèche extatique. C'était invraisemblable, mais bien réel.

Ce dénouement avait mis plusieurs heures à arriver. Il était l'aboutissement d'un long processus au cours duquel mon organisme avait œuvré pour que la divine contraction puisse se produire. Depuis le début de soirée, j'avais senti la jouissance grandir en moi. Dès que nous étions sortis de la brasserie avec Eugénie, j'avais vu se profiler cette glorieuse conclusion sans pour autant savoir de quoi il s'agirait.

Je n'aurais pas imaginé qu'un tel cheminement puisse aboutir à une satisfaction si brève. Car la sensation, bien qu'elle fût divine, n'a pas duré plus de trois ou quatre secondes, au terme desquelles elle m'a lâchement quitté. La cessation de l'extase a été si subite que je me suis senti démuni. Cette jouissance, afin de croître tout au long de la soirée, avait puisé dans mes réserves vitales et les avait emportées en m'abandonnant. J'étais exsangue. Vide.

Très vite, cette vacuité s'est muée en une impression plus désagréable encore. J'avais connu la félicité, puis le néant, et c'était la honte qui me gagnait désormais. Un sentiment de déchéance m'a balayé. Je me trouvais toujours au-dessus d'Eugénie, dont le désir ne s'était pas tari. Elle continuait à me réclamer des tendresses, au lieu de quoi je l'ai repoussée et me suis écarté d'elle.

Enfin, ma volonté reprenait le dessus. Je redevenais maître de mes actes. Je mesurais l'ampleur du drame qui venait de se produire, comme le sinistré revient voir sa maison après que la tempête l'a détruite. Que m'était-il arrivé ? Je devais être un sauvage pour céder à de si violentes passions ! Oui, cela ne faisait plus de doute : je recélais moi aussi le fameux instinct bestial. Je pouvais pour un rien perdre le contrôle et me rendre coupable de faits abjects. Et si je couvais assez de perversion pour me livrer à des pratiques charnelles répugnantes, j'étais certainement capable de m'abandonner à tous les vices du monde.

Pris de panique, je me suis levé. Eugénie me dévisageait. J'ai déclaré d'une voix éteinte :

« Je te prie de m'excuser, je dois y aller. »

À peine avais-je prononcé ces paroles que je claquais la porte de l'appartement, rongé par la honte et le remords.

II

Samedi

Il y avait longtemps que je ne m'étais pas levé si tard. Depuis dix ans que je ne suis plus en études, j'ai pour habitude de me réveiller très tôt, au cas où Maman, qui est debout dès l'aube, aurait besoin de moi. Néanmoins, et compte tenu des circonstances de la veille, mon temps de sommeil s'est vu perturbé. Il était près de deux heures quand je suis rentré à la maison cette nuit, et je ne me suis endormi qu'au petit matin.

Il était évident que mon réveil tardif ne passerait pas inaperçu. Dès que j'ai posé le pied sur le parquet du salon, Maman m'a dit sur un ton réprobateur :

« Le monde appartient à ceux qui se lèvent tôt. Force est de constater que tu ne le posséderas jamais, mon garçon. »

Les mains jointes, elle me toisait depuis son fauteuil. J'ai pensé qu'elle devait m'attendre ainsi depuis l'aube. Elle portait encore sa robe de chambre avec, sur ses épaules, un châle en laine.

« Où étais-tu hier soir ? », a-t-elle articulé.

Je lui ai expliqué que j'étais allé au restaurant, car on m'y avait invité. Maman s'est moquée :

« Mon pauvre fils ! Ne sais-tu pas que ce sont les hommes qui doivent inviter les femmes, et non l'inverse ? »

J'étais stupéfait. Comment pouvait-elle être au courant ? Elle n'avait pas pu m'épier depuis la fenêtre de sa chambre : la brasserie se situait à l'autre bout de la ville. Il était tout aussi improbable qu'elle m'ait suivi jusque là-bas, compte tenu de sa difficulté à marcher.

J'oubliais que Maman n'avait pas besoin de voir pour savoir : son sens de la déduction était remarquablement aiguisé.

Je lui ai répondu que mon rendez-vous avait été motivé par des intentions purement amicales. Elle s'est esclaffée :

« Crois-tu que je suis née de la dernière pluie ? Tu es bien un enfant pour espérer que je vais avaler ces mensonges ! Tu sens la femme à plein nez. La maison empeste ! C'est indécent. Je t'ai pourtant mis en garde : ces filles vont t'aguicher à grands coups de "je t'aime", elles prétendront que tu es tout pour elles, tout ça pour que tu cèdes à leurs caprices. Tu me vendras pour elles, et un jour, sans prévenir, elles te jetteront comme un moins que rien. Tu seras anéanti, en miettes ! Et à ton avis, à qui incombera la tâche de ramasser les morceaux ? À ta mère, bien sûr ! Celle que tu auras troquée contre des poupées de pacotille ! »

Maman était essoufflée. Les vaisseaux de ses tempes menaçaient d'éclater. Elle m'a interrogé sur l'identité de la femme avec qui j'avais dîné. Je lui ai dit qu'il s'agissait d'Eugénie.

« Eugénie ? *La* Eugénie ? Celle que tout le monde surnommait “la Boulotte” au collège ? Seigneur ! Que mon fils s'éprenne d'une profiteuse était déjà déplorable ! Fallait-il en plus que la fille soit d'une laideur à couper le souffle ? »

Ses lamentations n'étaient pas feintes. Elle joignait les mains, marmonnait tout bas, invoquait le Ciel, reniflait. Je percevais dans ses yeux larmoyants toute la détresse qui l'opprimait. Cela étant, je n'éprouvais aucun remords face à ces jérémiades. Maman ne jouait peut-être pas la comédie, mais le spectacle qu'elle m'offrait n'en était pas moins pathétique.

Des pleurs ont suivi. Entre deux sanglots, Maman clamait que si je continuais d'être aussi vilain, elle quitterait la maison ; qu'à la première occasion, elle partirait loin pour me laisser mener « la vie de débauché à laquelle j'aspirais ». Je ne l'ai pas prise au sérieux, car je savais que sa condition physique la rendait dépendante de moi. Dans son élan de rage, elle omettait ce détail.

Pendant près d'un quart d'heure, je n'ai plus eu besoin d'intervenir : chaque fois que Maman formulait une complainte, elle cédait à un nouvel accès de larmes et enfouissait son visage dans ses paumes. La situation prenait une tournure ridicule. Je ne dis pas que Maman avait tort de pleurer ; je pense seulement qu'elle ne pleurait pas pour les bonnes raisons. Ce qui la faisait souffrir était le fait que son fils soit « aux pieds d'une femme ». À sa place, je me serais plutôt lamenté d'avoir pour fils une bête obéissant à des pulsions primitives – ce qui était, à mon sens, autrement plus grave.

Maman s'est approchée du buffet où trônait une photographie de son chien décédé. Elle l'a prise dans ses mains et ses sanglots ont redoublé. De ses yeux embués et rougis, elle contemplait le portrait de l'animal comme elle aurait regardé le mien après ma mise en bière. Cela ne m'étonnait pas : ce cocker avait toujours été mon équivalent canin. Lorsque je n'étais pas d'humeur à souffrir les tendresses de Maman, elle se tournait vers l'animal qui, quant à lui, ne se lassait pas d'être cajolé. Cela me délestait au moins d'une partie de l'affection maternelle. C'était là l'unique reconnaissance que j'avais jamais accordée au chien, et la seule raison pour laquelle j'aurais pu regretter sa disparition. Je lui portais toutefois trop peu de sympathie dans l'ensemble pour déplorer sa perte. Maman, de son côté, gémissait toujours devant l'image encadrée du cocker.

N'y tenant plus, je me suis discrètement retiré et ai enfilé mon manteau, dans l'espoir qu'une brève promenade soulagerait mes nerfs à vif. C'était aussi l'occasion d'acheter un cadre pour le portrait que j'allais offrir à Maman le lendemain, même si cette perspective m'enchantait moyennement.

En descendant la rue, je repensais aux griefs que j'avais essuyés et aux pleurs que ma sortie de la veille avait engendrés. À l'avenir, Maman ne s'y laisserait plus prendre et je savais à quoi m'en tenir. Revoir Eugénie m'était défendu. Et si, dans un affront suprême, je bravais cet interdit, cela ne manquerait pas d'achever Maman. Peut-être quitterait-elle le domicile comme elle l'avait laissé entendre.

Ou bien, elle mourrait de chagrin.

Ce second dénouement est le plus plausible des deux, car si la fuite semble difficilement envisageable dans le cas de Maman, l'apitoiement est tout à fait à sa portée.

Absorbé dans mes ruminations, j'avais accéléré le pas sans m'en apercevoir. Mon pouls était rapide du fait de mon allure et je haletais. Je me suis arrêté pour souffler un peu. Il a fallu plusieurs minutes à mon cœur pour réguler son battement.

Ce cœur, ai-je pensé, avait perdu de sa vigueur d'autrefois. Il vieillissait, lui aussi. Avec les années, il rétrécissait et devenait étroit.

Trop étroit pour accueillir deux femmes.

12

Dimanche

Je n'y croyais pas.

Ne l'aurais pas cru possible.

Hier encore, j'en aurais ri. La menace était si creuse, si abstraite, si grotesque... On a tort, parfois, de rire des choses sérieuses. C'est qu'on ne réalise pas à quel point elles le sont. Il faut que le drame survienne pour en mesurer la gravité.

Il est survenu.

Je ne ris plus.

Maman a disparu.

Il m'est difficile de penser clairement à l'heure qu'il est, tant je suis affolé par ce retournement tragique. Je vais toutefois tenter de résumer cette journée, dont le commencement ne présageait rien d'extraordinaire.

C'était un dimanche comme les autres, à ceci près qu'il marquait le soixante-septième anniversaire de Maman.

Étonnamment, cette dernière était tout en joie quand je l'ai saluée en début de matinée. Elle ne dégageait pas une once de rancœur et n'a pas fait d'allusion à notre altercation de la veille. Ce jour lui appartenait et elle entendait en tirer le meilleur. Aussi savait-elle que je me consacrerais entièrement à elle, car sa personne était à l'honneur aujourd'hui. Cette attention exclusive ne pouvait que la réjouir. Dans la perspective d'une telle journée, Maman était de belle humeur, ce matin.

De mon côté, je conservais un peu d'amertume. Il ne s'agissait pas de remettre le sujet sur le tapis, mais je ne pouvais me résoudre à jouer la comédie ni à faire comme si rien ne s'était passé. J'ai simplement souhaité un bon anniversaire à Maman en embrassant ses joues et suis allé chercher le cadre contenant mon portrait. Je l'avais grossièrement enveloppé dans du papier cadeau.

Comme chaque année, Maman a feint la surprise. Elle s'est demandé en ricanant « ce que ça pouvait être ». D'un geste, elle a déchiré l'emballage et son visage s'est illuminé.

« Mon Dieu ! Ce que tu es beau, mon fils ! »

Elle m'a embrassé longuement. J'ai subi ses baisers sans trop de protestations, bien que cela m'ait beaucoup coûté. (Maintenant que Maman a disparu, j'ai honte de confesser ces sentiments ingrats, mais je me dois de narrer les choses comme elles se sont passées, le plus fidèlement possible.)

Après m'avoir comblé de remerciements, Maman m'a demandé si je voulais bien aller accrocher le cadre dans sa chambre. Elle rayonnait. On aurait dit une enfant pressée d'essayer son nouveau jouet, ou une femme sur le point de rejoindre son amant. Son excitation me paraissait disproportionnée et cependant, je me devais de m'y soumettre, car cette journée était la sienne.

Je me suis élancé dans la cage d'escalier. Maman me suivait d'un pas lourd. Nous avons pénétré dans sa chambre. J'y ai retrouvé l'odeur d'église qui me déplaisait tant : un mélange d'humidité et de poussière qui, en plus de souligner la vétusté de la pièce, prend à la gorge. D'année en année, cette odeur gagnait en intensité. Il fallait dire que Maman prenait de l'âge. Je lui en voulais d'ailleurs de vieillir, car je vieillissais moi aussi, et c'était un peu sa faute.

Nous nous trouvions à présent face au « mur des portraits », comme Maman aime à l'appeler. J'avais oublié à quel point l'œuvre était édifiante. Trente-deux cadres y étaient pendus. À compter de mon année de naissance, Maman s'était offert un portrait de moi à chacun de ses anniversaires. Par la suite, c'est moi qui ai été chargé de le lui offrir. Étant donné que j'ai trente-trois ans, le mur aurait dû compter trente-trois clichés. Il n'en comportait pourtant que trente-deux, puisque j'avais une fois manqué à mon devoir, préférant l'originalité d'une broche à la banalité d'une image sur papier glacé. Ce matin, c'était donc la trente-troisième photographie qui s'ajoutait à la collection.

La particularité de l'arrangement réside en ce que tous les cadres sur le mur sont absolument dépareillés. C'est une extravagance de Maman, qui tient à ce que chaque nouveau cliché soit orné d'un encadrement différent. Le résultat est pour le moins singulier. Cette année, j'ai opté pour un cadre doré de facture ancienne, et qui s'apparente à un soleil. Maman y a vu une auréole.

« Comme c'est joli, vraiment ! s'est-elle écriée, sitôt le portrait accroché au mur. Ce visage d'ange, ces traits si parfaits, ce regard… on s'y noierait ! Et ce cadre ! En vérité, il te donne des airs de Christ ! Oh, oui ! tu es mon petit Jésus ! »

L'émerveillement de Maman m'exaspérait au plus haut point. Je trouvais son attitude puérile.

Avant de quitter la chambre, j'ai jeté un dernier coup d'œil au mur. Sur presque tous les portraits, je posais seul. Nombre d'entre eux ne laissaient voir que mon buste et ma tête. Un unique cliché me représentait en compagnie d'une autre personne. Cette autre personne, c'était Maman. Elle s'était accroupie afin de se mettre à ma hauteur (je devais avoir cinq ou six ans) et me tendait ses lèvres, les paupières closes. Quant à moi, je m'avançais vers elle, visiblement prêt à apposer ma bouche sur la sienne, car nous nous embrassions ainsi. J'ai appris bien plus tard que cette pratique, bien que courante, était contestée par certains. Deux ou trois personnes avaient réprimandé Maman à ce sujet, lorsque j'étais à l'école. « Eh quoi ! ripostait-elle. Quel mal y a-t-il à chérir son fils ? Je n'y peux rien si vos enfants ne vous embrassent pas. Je crois par ailleurs qu'ils ont bien raison de ne pas vous aimer ! » Chaque fois, elle entrait dans une colère noire, ce qui lui avait valu une réputation auprès des autres parents d'élèves.

Ces baisers n'avaient pas non plus échappé à mes camarades de classe. Un soir, tandis que nous nous dirigions vers la sortie de l'école (j'avais une dizaine d'années), l'un d'entre eux m'avait lancé sur un ton narquois : « Regarde, Sommer, ta femme t'attend à la grille ! » J'avais été le seul à ne pas m'amuser de ce commentaire. Il va sans dire que ce genre d'altercation me gênait. Aussi avais-je fini par demander à Maman de ne plus m'embrasser en public.

Sur ces réflexions, j'ai finalement quitté la chambre de Maman. Une grande fatigue m'a assailli. Il devait être huit heures et nous n'avions pas déjeuné. Le repas du matin est sacré pour Maman qui, si elle s'en voit privée, se trouve mal sur les coups de dix heures. Je l'ai aidée à redescendre l'escalier et l'ai accompagnée jusqu'à la cuisine. Je n'avais pas faim. J'ai annoncé à Maman que je montais m'allonger un peu. L'idée de manger seule ne lui plaisait guère, mais compte tenu de ma mine blafarde, elle m'a laissé partir.

En gravissant les marches, j'ai pris conscience du poids de mon corps que je sentais fébrile. Je me suis agrippé à la rampe, prêt à défaillir. Quand j'ai atteint le palier, je me suis précipité dans ma chambre sans prendre le soin de refermer la porte derrière moi. Le besoin de me jeter sur mon lit était trop impérieux. Je me figurais qu'une fois couché, ma détresse s'estomperait.

J'avais tort.

Dès que mon corps s'est affalé sur le lit, il a tout bonnement cessé de m'obéir. Mes membres étaient englués dans le matelas et ne répondaient plus aux ordres les plus simples. J'étais figé des pieds à la tête, telle une statue de pierre. Une force en moi m'oppressait férocement, et il était clair que cette force cherchait à me nuire. Elle me traversait de haut en bas, coulait dans mes vaisseaux et se manifestait à la surface de ma peau par un frisson moite. Mon corps suait à grosses gouttes. Ma cage thoracique se comprimait. La pression résultante frisait l'insoutenable. J'ai bien cru que mes organes internes allaient éclater. J'avais du mal à respirer et plus de mal encore à déglutir, comme si une corde avait serré ma gorge. Pour couronner le tout, mon crâne était pris dans un étau invisible – mais redoutable ! – qui le broyait. Je souffrais le martyre.

À deux ou trois reprises, j'ai supplié la force obscure de me quitter, en vain. Au bout d'un certain temps, j'ai cessé de réfléchir, car la plus infime pensée requérait trop d'efforts. Mon mental se paralysait peu à peu, au même titre que mon organisme. Mon esprit s'embrumait. La puissance morbide gagnait du terrain. Me priver de mouvements ne lui avait pas suffi. À présent, elle partait à l'assaut de ma conscience. Si elle parvenait à dominer ce dernier retranchement qui me restait, c'était Victor tout entier qu'elle neutralisait.

J'en étais réduit à cette conscience minuscule, affolée, flottant dans un corps qui ne lui obéissait plus. Moi, petite âme chétive, j'étais emmuré dans cet écrasant amas de chair et d'os. Je n'avais aucun moyen de m'en extraire autrement que par la mort (une mort qui, de toute façon, m'était inaccessible, du fait de ma paralysie). Il n'existait par conséquent aucune issue. J'étais un claustrophobe condamné au confinement éternel. J'aurais crié à pleins poumons si l'Angoisse (tel est le nom de la force qui m'accablait) ne m'avait pas bâillonné.

Il y avait un petit quart d'heure que j'avais sombré dans cet état de panique lorsque Maman m'a appelé. Depuis le bas de l'escalier, elle a demandé si je me sentais mieux. N'obtenant pas de réponse, elle s'est décidée à monter voir par elle-même. Un râle séparait chacun de ses pas. Sa tête s'est finalement glissée dans l'entrebâillement de ma porte.

« Eh bien, mon petit Jésus, tu ne vas pas mieux ? »

La scène m'a tout de suite rappelé les nuits d'autrefois, lors desquelles je faisais venir Maman pour chasser mes terreurs nocturnes.

« Comme tu es pâle ! s'est-elle alarmée. Et tu trembles ! Mon Dieu, reste tranquille, je m'en vais te chercher à boire. »

Elle a fait demi-tour et a descendu les marches un peu plus rapidement qu'elle les avait gravies. Cinq minutes plus tard, elle revenait essoufflée, une tasse à la main.

« Tiens, bois. C'est une infusion de camomille. Ça te fera le plus grand bien. »

Je ne bougeais toujours pas. Compte tenu de mon inertie et de mon mutisme, Maman a posé la tasse sur ma table de chevet et s'est assise sur le rebord de mon lit. Elle me fixait tandis que mon regard était perdu dans le vide.

« Seigneur, que t'arrive-t-il ? Parle-moi ! »

Ces supplications ne faisaient qu'accentuer mon angoisse. Alors que j'avais besoin de calme et de relâchement, Maman ne cessait de me solliciter, ce qui m'infligeait une pression supplémentaire. Dès lors, je n'étais plus seulement comprimé de l'intérieur, mais également de l'extérieur. C'était mon environnement dans son intégralité qui se liguait contre moi. La pièce entière revêtait une allure oppressante : le plafond s'abaissait à vue d'œil, les murs se rapprochaient dangereusement, et

Maman, en se penchant au-dessus de moi, concluait cet étouffement cruel.

Sa paume s'est posée sur mon front. Je transpirais, mais n'avais pas de fièvre, a-t-elle annoncé. Elle s'est allongée sur le flanc, tout contre moi, et a calé son menton dans le creux de mon épaule. Elle m'a murmuré à l'oreille qu'elle m'aimait « comme personne d'autre ne pourrait m'aimer » ; que je serais toujours son seul amour, son « petit Jésus », après quoi elle a embrassé ma joue.

Mon angoisse ne s'était pas dissipée, mais j'étais résigné. Bien sûr, j'aurais voulu mettre un terme à cette scène, que Maman quitte cette pièce, que les murs de cette maison s'écroulent, que mon âme soit libre de déserter ce corps sans peine ni douleur, mais je ne pouvais rien faire. Une larme a coulé du coin de mon œil. Je ne m'en suis pas tout de suite aperçu : c'est Maman qui me l'a fait remarquer. Elle l'a essuyée et en a profité pour déposer un ultime baiser, cette fois-ci sur la commissure de mes lèvres.

Un cri effroyable a soudain éclaté : c'était le mien. Ce cri contenait toute l'angoisse accumulée au cours du dernier quart d'heure ; toute la détresse, la frustration et la terreur qui m'avaient dominé jusque-là et qui, à présent, s'échappaient simultanément dans un immense fracas.

D'un coup, je me suis redressé sur mon lit. Je peine à me remémorer la scène qui a suivi, car je n'avais pas encore recouvré mes esprits à ce moment-là. Je me souviens de m'être vaguement agité et d'avoir entendu la tasse tomber de ma table de chevet pour se briser sur le parquet. Puis un autre cri, plus strident, cette fois. Celui-ci appartenait à Maman. Elle avait voulu, je crois, me prendre dans ses bras pour m'apaiser, mais j'ai repoussé son étreinte.

L'instant suivant, je me trouvais dans le salon. Je n'y ai rien compris. Une seconde plus tôt, je faisais face à Maman dans ma chambre à l'étage, et voilà que j'étais maintenant affalé sur le canapé du rez-de-chaussée.

J'ai consulté l'horloge : il était dix heures passées. Plus de deux heures s'étaient écoulées depuis que j'étais monté me reposer. Je croyais délirer. Entre deux ongles, j'ai pincé la peau de mon bras. La douleur m'a assuré que je ne rêvais pas. De toutes mes forces, j'ai appelé Maman dix, vingt, trente fois. Personne n'a accouru. J'ai pleuré, sans vraiment savoir pourquoi. Mes nerfs me lâchaient.

J'ai passé un long moment à réfléchir au déroulement de la matinée. Dans un premier temps, j'ai été incapable de donner du sens à ce qui venait de se produire. Puis j'ai fini par comprendre : pour la première fois de ma vie, j'avais contesté la suprématie de Maman. Ce cri qu'elle avait poussé – et qui constituait mon dernier souvenir d'elle – n'était autre qu'un cri d'indignation. Le jour de son anniversaire, je l'avais privée de ce qui lui était précieux par-dessus tout : mon affection. Je lui avais fait affront en repoussant son élan de tendresse. Jamais ne m'aurait-elle cru capable d'une pareille rébellion. Toujours est-il que j'avais eu le culot de la contrarier en cette journée particulière.

Alors, dans un accès de furie, elle avait mis à exécution sa menace de quitter la maison. Malgré sa santé fragile.

Malgré la fraîcheur de l'air. Malgré son mépris pour les gens qu'elle allait croiser dans la rue. Sa colère était si vive qu'elle avait fait abstraction de ces contraintes, dans l'unique but de punir mon comportement. Elle avait temporairement déserté le logis, me laissant seul avec moi-même, de sorte que je puisse mesurer mon égoïsme, mon ingratitude et surtout, ma dépendance à elle. Sans Maman, qu'étais-je ? Rien, fatalement. Je ne savais pas vivre sans ma mère. Et elle voulait que je le reconnaisse.

Je l'ai attendue jusqu'au soir. Depuis le salon, je n'ai cessé d'observer la porte d'entrée, à l'affût du moindre mouvement de poignée qui annoncerait son retour. La nuit a fini par tomber. J'étais pétrifié. Où Maman était-elle passée ?

À cette heure, la question reste en suspens. Ce que je sais en revanche, et avec certitude, c'est que plus jamais je ne me risquerai à contrarier Maman.

DEUXIÈME PARTIE

I

Lundi

Il y a vingt-quatre heures que Maman a quitté le domicile. Vingt-quatre heures que je suis cloîtré dans le salon. Je m'y suis assoupi hier, en début de soirée, et ne me suis éveillé qu'en milieu de matinée. Je n'espérais pas fermer l'œil en sachant Maman disparue, et pourtant, j'ai dormi d'un sommeil de plomb. Il faut croire que les émotions de la veille m'avaient assommé.

À mon réveil, un détail m'a frappé : il faisait froid dans la maison. C'était un froid mordant qui me pénétrait jusqu'aux os, dont je ne pouvais me défaire, et si intense qu'il semblait provenir de mon propre corps. J'ai tout tenté pour lutter contre lui, allant jusqu'à enfiler mon manteau et une écharpe, mais cela n'a pas suffi. À coup sûr, la chaudière s'était encore arrêtée. Ce n'était pas la première fois : Maman et moi sommes accoutumés aux aléas de cette installation vétuste. Maman s'en était toujours occupée quand le problème était survenu par le passé. N'étant pas bricoleur pour un sou, je n'avais jamais appris à l'arranger moi-même. Et ce n'était pas aujourd'hui que j'allais m'y affairer. J'avais d'autres soucis en tête.

Je me suis demandé où Maman avait pu passer la nuit. En temps normal, elle se serait insurgée de devoir dormir ailleurs que chez elle, ne serait-ce que pour une nuitée. Toute personne connaissant Maman, même de loin, sait à quel point elle est casanière, et l'on serait tombé des nues en apprenant qu'elle venait de passer vingt-quatre heures en dehors de sa maison. Or, si elle l'avait fait, c'était à cause de moi. Mon insolence avait été sans commune mesure. La honte me rongeait.

Les minutes défilaient et je luttais toujours contre l'hypothermie. Quitte à avoir froid, et vu que j'avais déjà enfilé mes habits d'extérieur, je me suis décidé à sortir acheter le journal. Maman allait revenir d'ici peu et elle serait contente de le lire en rentrant. Je lui devais bien cela.

Le chauve du kiosque s'est réjoui en me voyant arriver. Il allait pouvoir répéter son petit numéro habituel, qui consistait à feindre d'ignorer ce que je venais lui acheter. J'en étais irrité par avance. Je l'ai donc devancé en demandant le journal du matin, qu'il m'a tendu sans délai. J'ai déposé sur son comptoir la somme exacte, au centime près, que j'avais préparée au préalable. Le chauve n'avait pas desserré les lèvres que j'étais déjà reparti. La déception se lisait sur ses traits. Il l'avait bien mérité.

Sur le chemin du retour, j'ai jeté un coup d'œil à la une du quotidien. Un gros titre annonçait : *LE FOND DE L'ABÎME* : VOYAGE AU CENTRE DE LA MER. Il faisait référence à un nouveau long-métrage, dont la sortie était prévue pour ce mercredi. Juste en dessous, figurait une image tirée du film. On y distinguait, au milieu des ténèbres, la proue abîmée d'un navire, dont les rambardes étaient recouvertes d'algues et de minéraux. Tout près de l'épave, on apercevait également une créature indéfinie, évoquant à la fois un poisson et un fossile. La bête n'avait probablement jamais vu un rayon de lumière avant qu'une équipe de tournage ne vienne se perdre dans les profondeurs de son sinistre habitat et ne lui projette un faisceau en pleine face.

Un sous-titre proclamait déjà le « film de l'année ». Dans l'article associé, le journaliste faisait l'éloge du réalisateur « qui, par son génie, nous offre une immersion dans un monde parallèle où la vie est moribonde ». J'étais stupéfait d'apprendre que les critiques s'accordaient pour prophétiser le succès de ce film. Il existait donc des gens pour qui notre bas monde n'était pas assez misérable et qui s'acharnaient à descendre plus bas encore ? Il fallait être fou pour vouloir à tout prix toucher le fond !

De retour à la maison, le froid m'accablait toujours autant. Aucun vêtement ni aucune activité n'en venait à bout. Comme la veille, j'allais attendre dans le salon que Maman rentre. Je n'ai pas fermé la porte à clef afin de lui éviter un embarras supplémentaire. Ses articulations ont tendance à se raidir en cas de basse température. Déverrouiller une serrure devient alors pour elle une tâche compliquée.

L'après-midi s'est écoulé au compte-gouttes. De temps à autre, mon regard se fixait sur la vieille horloge du séjour. À chaque seconde qu'elle battait, ma honte croissait. Les oscillations du balancier m'assénaient des critiques cinglantes. « La solitude que tu endures n'est que le résultat de tes méfaits », me scandait l'horloge par son « tic-tac » lancinant.

Dès que le soleil a commencé à décliner, mon espoir de revoir Maman ce jour s'est amenuisé. J'étais dans un état désastreux : replié sur moi-même, les genoux ramenés contre mon buste, une larme s'écrasant à l'occasion sur le canapé. J'ai envisagé de monter dans ma chambre pour m'y reposer, avant de rejeter l'idée : il fait encore plus froid à l'étage qu'au rez-de-chaussée quand la maison n'est pas chauffée. Tant que je suis seul, j'ai plutôt intérêt à passer mes nuits dans le salon. L'épais châle de Maman ainsi qu'un petit plaid me servent de couvertures.

Je me rassure en me disant que d'ici quelques années, nous rirons de ces aventures. Reste que pour l'heure, je conçois mal que ma détresse puisse un jour me faire sourire.

2

Mardi

Maman séjourne dans le quartier. J'en suis intimement convaincu, et pour cause : j'en détiens une preuve formelle.

Cette nuit encore, mon sommeil a été profond, et il se serait prolongé si un son ne m'en avait pas tiré. C'était un bruit métallique provenant de l'extérieur : le genre de bruit que produit le volet d'une boîte à lettres en se rabattant, après que le facteur y a inséré le courrier. Mais il n'était que huit heures et notre factrice passe généralement en fin de matinée. Peut-être avais-je rêvé. Ou peut-être pas. Je devais en avoir le cœur net. L'instinct me disait que ce bruit – à supposer qu'il fût réel – ne m'avait pas réveillé sans raison. J'ai enfilé mes chaussures à la hâte et me suis précipité dehors.

Je n'avais pas rêvé. Il y avait bien du courrier dans la boîte. Une lettre. Rien qu'une lettre. Sans enveloppe. Sans adresse ni destinataire. Sans signature non plus. Juste une feuille de papier pliée en deux et au centre de laquelle étaient griffonnés quelques mots :

« Je ne t'en veux pas. Nos émotions sont parfois incontrôlables. Personne n'est à l'abri d'un moment d'égarement, de peur, de confusion, de colère...

J'ose espérer que nous nous reverrons bientôt. »

À peine avais-je fini de déchiffrer le maigre contenu du message que j'ai laissé tomber la lettre sur le sol détrempé. Je me suis rué sur la serrure du portail et, après plusieurs tentatives acharnées, je suis parvenu à la déverrouiller. Il pleuvait furieusement et la clef glissait entre mes doigts tremblants.

Le portail ouvert, j'ai balayé la rue du regard, de droite à gauche. Pas l'ombre d'un passant. Cela ne faisait pourtant que deux minutes que le volet de la boîte avait claqué. Comment Maman avait-elle pu filer si vite malgré sa difficulté à marcher, et sous cette pluie épouvantable ? Je voulais bien admettre que ma perception du temps pouvait être biaisée et qu'au lieu de deux minutes, c'en étaient cinq qui s'étaient écoulées en réalité. Dans tous les cas, Maman avait fait preuve d'une rapidité surréaliste à laquelle elle ne m'avait pas habitué.

J'ai ramassé la lettre dégoulinante. Évidemment, l'encre avait coulé. Plus un seul mot n'était lisible, mais je me rappelais chaque phrase avec précision. Agacé, j'ai jeté le papier dans une flaque et suis rentré.

Maman était revenue et je l'avais manquée de peu. Cette histoire était décidément absurde. Pourquoi se donner la peine de faire le chemin jusqu'à la maison si ce n'était pas pour y entrer ? Pourquoi se contenter d'une vulgaire lettre de réconciliation tandis que j'attendais là, à seulement quelques mètres ?

Je me suis raisonné. Il fallait garder à l'esprit que la situation était délicate et sans précédent. Nous n'avions jamais connu de conflits majeurs par le passé. Maman avait besoin de temps pour digérer mon attitude. Il ne s'agissait pas de la presser. Aujourd'hui, elle n'avait osé qu'un mot dans la boîte à lettres. Demain, elle franchirait le portail et pousserait la porte de la maison ou, si elle ne se sentait pas encore capable de revenir, elle prendrait au moins la peine de me téléphoner. Il y a longtemps que je l'aurais appelée moi-même si je connaissais sa position, mais mon sort est entre ses mains, et à défaut de composer un numéro, je compose avec mon impuissance.

En attendant, Maman n'était sûrement pas loin et son refuge devait lui convenir, puisqu'elle y était retournée après avoir glissé son message dans la boîte à lettres. Cette pensée m'a apaisé. Étant donné que Maman se trouvait dans les environs et que j'allais la revoir bientôt, je ne devais pas m'en soucier outre mesure. Je me suis promis de ne pas passer la journée à l'attendre, les yeux rivés sur la porte d'entrée comme ç'avait été le cas jusqu'alors.

En début d'après-midi, j'ai commencé à m'ennuyer. C'était une bonne chose. L'ennui valait mieux que l'inquiétude. Vu que Maman ne rentrerait pas aujourd'hui, je n'avais pas jugé utile d'aller acheter son journal. Je le regrettais un peu, car j'aurais pu le feuilleter pour passer le temps. Je me suis tout de même rappelé que j'avais acheté celui de la veille. Par habitude, je l'avais posé sur la table de la cuisine. Je suis allé le chercher.

À côté du quotidien, se trouvait une tasse remplie. Ce devait être l'infusion que Maman s'était préparée dimanche matin, avant de monter me voir. La tasse attendait patiemment d'être bue depuis quarante-huit heures. Si je ne l'avais pas remarquée plus tôt, c'est parce que je n'avais pas remis les pieds dans la cuisine depuis dimanche, sauf pour y déposer le journal la veille. Cependant, j'avais été si accaparé par mes pensées à ce moment-là que je n'avais pas prêté attention à la tasse en question.

Il en résultait un constat : je n'avais rien avalé depuis samedi soir. Étonnamment, cela ne m'avait pas manqué. Mon estomac s'était tu. Je n'avais même pas eu soif. Mes besoins physiologiques étaient passés au second plan. J'en serais presque venu à soupçonner mon organisme de complot : il me dispensait de me nourrir et de boire afin de me faire périr lentement, sans que je m'en rende compte. Par chance, l'ennui m'avait conduit à la cuisine et je réalisais qu'il me fallait manger. (Une preuve qu'il est parfois essentiel de s'ennuyer !)

Après un repas très sommaire, j'ai lu le journal. Cela m'a occupé une petite heure. Le reste de la journée, je suis retombé dans l'ennui le plus total. Mais comme je l'avais compris, cet état, loin d'être une fatalité, était une chance.

Et demain, j'aurai des nouvelles de Maman.

3

Mercredi

J'ai bondi du canapé quand le téléphone a sonné dans la matinée. J'exultais : Maman m'appelait ! J'avais vu juste ! J'ai couru dans l'entrée, manquant de tout faire valser sur mon passage. Je tremblais de tout mon corps en décrochant le combiné.

Une voix a résonné dans mon oreille. L'intonation était dynamique, le timbre aigu. La voix était jeune. Il m'a fallu un moment pour comprendre que c'était Eugénie qui me parlait.

Sans préambule, elle m'a demandé si j'avais bien eu « le mot dans la boîte à lettres », la veille. Je suis resté coi. Comment pouvait-elle savoir que j'avais reçu une lettre de Maman ? Et d'ailleurs, en quoi cela la concernait-il ? D'un ton sec, je lui ai demandé quel était le but de son appel.

« Eh bien, a-t-elle balbutié, je tenais juste à m'assurer que tu avais bien eu mon mot, c'est tout. »

Notre échange avait à peine débuté que cette histoire m'agaçait déjà. J'attendais un appel de Maman et voilà que l'on m'importunait avec des broutilles auxquelles je n'entendais rien.

J'ai informé Eugénie que non, je n'avais pas reçu son « mot ». Elle s'en est étonnée. C'était étrange, a-t-elle dit, car elle était venue le déposer elle-même dans ma boîte.

Je commençais à bouillir.

« Non, ai-je fermement rétorqué, je n'ai pas eu ton courrier. Maintenant, je te prie de m'excuser, mais j'attends un appel de la plus haute importance. »

J'étais sur le point de raccrocher. À l'autre bout du fil, Eugénie expliquait confusément qu'elle avait fait un détour par chez moi en allant au travail hier matin, afin de déposer sa lettre.

« Il devait être huit heures », a-t-elle ajouté.

Sans cette dernière précision, je lui aurais raccroché au nez. Je me suis radouci.

« Mais alors, ai-je dit, tu as dû croiser Maman dans la rue, n'est-ce pas ? »

Après un bref temps de réflexion, Eugénie m'a assuré qu'elle n'avait croisé personne ni avant ni après avoir glissé son mot dans ma boîte.

Je perdais patience. Non seulement je n'avais pas reçu la lettre dont Eugénie me rebattait les oreilles, mais en plus, elle mentait effrontément en prétendant ne pas avoir rencontré Maman – ce qui, selon toute logique, était impossible. Je ne voyais pas ce qu'Eugénie pouvait tirer de ce petit manège, à part le plaisir de me faire tourner en rond.

« J'ai envie de te revoir, a-t-elle repris. Tout est de ma faute. J'ai voulu hâter les choses, l'autre soir. Tu n'étais peut-être pas prêt à franchir cette étape. Je n'ose pas imaginer ce que tu dois penser de moi. Tu as dû me prendre pour une marie-couche-toi-là. C'est à moi d'avoir honte, Victor. Pas à toi. Je ne suis qu'une idiote. Une idiote qui espère malgré tout que nous nous reverrons bientôt. »

Cette fois, j'ai raccroché. Je n'étais pas d'humeur à m'apitoyer sur les états d'âme d'Eugénie. J'ai songé que, tout compte fait, Maman avait peut-être eu raison de me mettre en garde contre les femmes. Elles étaient une source de tracas dont je n'avais pas besoin, surtout aujourd'hui.

Il n'empêche que les paroles d'Eugénie résonnaient étrangement dans ma tête. « Une idiote qui espère malgré tout que nous nous reverrons bientôt. » Cette phrase, je l'avais entendue tout récemment. Ou plutôt, je l'avais lue. Bien sûr ! C'étaient, à peu de chose près, les mots qui concluaient le message de Maman. Cette similitude avait de quoi me troubler.

Une suspicion a germé dans mon esprit. Eugénie prétendait avoir déposé chez moi une lettre la veille, à huit heures du matin – heure à laquelle le volet de la boîte avait claqué. Je n'avais pourtant relevé qu'un seul courrier : celui de Maman. Dans ce cas, deux possibilités : ou bien Eugénie mentait, ou bien Maman ne m'avait jamais écrit.

Cette deuxième hypothèse me paraissait improbable, mais dès lors que je l'ai formulée, je n'ai plus réussi à m'en défaire. Je regrettais de ne plus avoir la lettre, ne serait-ce que pour en étudier l'écriture. Je l'avais lue si précipitamment que je n'avais pas accordé la moindre attention à la calligraphie de l'expéditeur. La seule chose que je savais, c'était que l'encre avait coulé au contact de l'eau. Ce détail attisait mon scepticisme, car Maman n'acceptait d'écrire qu'au stylo à bille.

J'ai rappelé Eugénie, qui a décroché sur-le-champ. Ce coup-ci, c'est moi qui ai parlé :

« Dis-moi, Eugénie, avec quoi as-tu écrit ta lettre ? »

J'ai eu peur qu'elle réponde par une banalité telle que : « Avec mon cœur », mais par chance, elle s'est abstenue.

« Avec un stylo à plume, a-t-elle dit. J'écris toujours au stylo à plume.

— As-tu signé ta lettre ? Comment était-elle pliée ? L'as-tu glissée dans une enveloppe ? Quel en était le tout premier mot ? Combien de phrases contenait-elle ? »

Eugénie a répondu avec une exactitude déconcertante à chacune de ces interrogations. Tout coïncidait. Mes doutes au sujet d'Eugénie partaient en fumée, de même que mon espoir de retrouver Maman. J'étais abattu. Je n'avais ni le courage de raccrocher ni la volonté de poursuivre la conversation.

Eugénie m'a demandé comment je comptais occuper mon après-midi. C'était son jour de repos et elle prévoyait d'aller au cinéma. Un nouveau film sensationnel sortait aujourd'hui. Avais-je envie de l'accompagner ?

Je ne l'écoutais qu'à moitié. Machinalement, j'ai lâché un « oui ». Quand je me suis entendu le prononcer, il était déjà trop tard. Eugénie jubilait. Je ne pouvais plus revenir en arrière. Je n'avais, du reste, pas la force de chercher un prétexte pour refuser l'invitation. Eugénie m'a informé que la séance était à quinze heures. Je lui ai dit que je la rejoindrais devant le cinéma.

Je m'y suis tenu, mais suis arrivé un peu en retard. La projection avait déjà commencé. Eugénie ne m'en a pas voulu : elle était trop heureuse de me retrouver. Pour ma part, j'étais indifférent. Être au cinéma ou à la maison, cela revenait au même. Quel que soit le contexte, j'avais la tête ailleurs.

Je n'étais pas disposé à discuter et Eugénie l'a vite compris. Elle est allée au guichet acheter deux billets qui nous ont donné accès à une salle sombre, pleine à craquer. Les spectateurs pestaient tandis que nous cherchions à tâtons des places libres. Je me fichais de leurs réprimandes autant que du film que j'allais voir. D'ailleurs, je n'en connaissais toujours pas le titre.

Nous nous installions lorsque la salle a été plongée dans l'obscurité la plus totale. Le grand écran est devenu noir. Seule une minuscule lueur perçait, au centre. De seconde en seconde, elle grandissait. C'était une sorte de globe lumineux qui se rapprochait des spectateurs, lentement et dans le plus grand silence.

Tout à coup, l'éclairage de la caméra a révélé ce que l'ombre avait dissimulé : sous la petite sphère phosphorescente, s'alignaient plusieurs rangées de dents monstrueuses, aiguisées comme mille couteaux, contenues dans une gueule béante, prête à nous avaler. À peine plus haut, deux yeux horrifiants et sans âme. Entre ces yeux, une longue épine à l'extrémité de laquelle pendait l'espèce de lanterne brillante aperçue précédemment.

Soudain, la vile créature s'est jetée sur l'objectif de la caméra, la gueule grande ouverte, comme pour l'engloutir. Une musique stridente a retenti au même moment, appuyant l'effet de surprise sur une note dramatique.

La salle a de nouveau été plongée dans l'obscurité avant que n'apparaisse à l'écran, en lettres rouges majuscules sur fond noir : *LE FOND DE L'ABÎME.* À cet instant, j'ai regretté d'avoir accepté l'invitation d'Eugénie.

Le film s'articulait autour d'une histoire à dormir debout : celle d'un savant ayant mis au point un scaphandre résistant aux plus hautes pressions, dans le but de partir à la conquête des profondeurs marines. Au gré de ses excursions, il recense des créatures jamais étudiées, explore des épaves peuplées de vie primaire et découvre des trésors enfouis depuis des siècles. Lors de son ultime expédition, il est attaqué par une horde de bêtes effroyables qui le dévorent pour le punir d'avoir voulu s'approprier leur royaume. Tout bien considéré, ce scénario n'était qu'une énième réécriture du mythe d'Icare, à cela près qu'au lieu de s'envoler vers le soleil et de se brûler les ailes, le héros s'enfonçait dans un océan qui finissait par l'avaler.

Nous sommes ressortis du cinéma deux heures plus tard. Ma compagne était subjuguée, contrairement à moi, qui affichais une mine maladive. Eugénie m'a demandé pourquoi j'étais si pâle. N'avais-je pas aimé la séance ? J'ai répliqué que ce film était épouvantable. D'un bout à l'autre de la projection, je n'avais cessé de m'agripper à mon siège, plantant mes ongles dans le tissu à chaque apparition d'un nouveau monstre marin. Ces bestioles étaient toutes plus répugnantes les unes que les autres et surpassaient en horreur les pires créations de l'Homme. On ne pouvait pas raisonnablement croire qu'un être aussi parfait que Dieu ait conçu de telles monstruosités. En ce sens, ce film constituait un affront à la religion. Beaucoup de gens perdraient leur foi après l'avoir visionné. N'étant pas croyant moi-même, cela m'importait peu.

Eugénie m'a raccompagné à pied jusque chez moi. Sur le trajet, nous sommes revenus sur notre échange du matin. Elle m'avait senti confus, au téléphone, et avait cru comprendre que mes tourments étaient liés à ma mère.

Je n'avais aucune envie de lui dévoiler mes tracas. Je m'étais suffisamment ridiculisé en désertant son domicile, la semaine passée. Si elle apprenait de surcroît que Maman avait quitté la maison par ma faute, Eugénie m'aurait tenu pour un goujat sans nom. J'ai donc prétendu que tout allait bien. Nous nous étions un peu fâchés avec Maman dans la matinée, mais l'affaire s'était arrangée depuis. Eugénie s'est dite rassurée.

Lorsque nous sommes arrivés au portail de la maison, un malaise s'est installé. Il était attendu de moi que j'invite ma compagne à entrer, mais je ne pouvais m'y résoudre : en constatant l'absence de Maman, Eugénie se serait questionnée. À partir de là, il aurait été difficile de lui cacher la vérité. Mieux valait ne pas prendre ce risque.

Je me suis donc contenté de remercier Eugénie pour son invitation au cinéma et lui ai souhaité une bonne soirée. Son expression s'est assombrie. Sa déception était palpable. Afin de pallier sa contrariété, je me suis approché d'elle et l'ai embrassée. Son visage s'est ravivé. Nous nous sommes dit au revoir et nous sommes séparés.

En rentrant, je me suis arrêté à la boîte à lettres. Elle était vide. Le répondeur du téléphone n'avait, lui non plus, aucun message à me transmettre. Et la maison était plus déserte que jamais.

4

Jeudi

Avant même de me réveiller, je savais que nous étions jeudi, et qu'à ce titre, j'avais rendez-vous avec le Dr Adam. Une question s'est posée : devais-je m'y rendre ?

La semaine précédente, j'avais quitté son cabinet sans prévenir, de la même façon que j'avais lamentablement abandonné Eugénie chez elle le lendemain soir. Chaque fois que j'avais honte, je fuyais comme un enfant. J'étais un lâche, voire pis, car un lâche ordinaire fuit pour ne jamais revenir. Moi, j'étais un lâche extraordinaire, doué d'une insolence qui me poussait à retourner vers ceux que j'avais laissés en plan.

Tout homme digne de ce nom aurait refusé de revoir Eugénie après avoir déguerpi pendant l'amour, par égard pour elle. Toute personne qui se respecte se serait gardée de remettre les pieds au cabinet du Dr Adam après avoir détalé comme je l'avais fait. Mais moi, je n'étais pas un homme digne de ce nom et je ne me respectais pas. C'est pourquoi je me suis rendu chez le thérapeute à l'heure habituelle.

Il m'a accueilli avec sa mine apathique, fidèle à lui-même. Il semblait avoir oublié l'incident de la semaine dernière. Cette fois, je n'ai cherché à analyser ni ses traits ni ses expressions. Je me suis assis face à lui et ai attendu qu'il parle.

« Bien... Comment les choses évoluent-elles pour vous, monsieur Sommer ? »

La réponse est venue d'elle-même :

« Maman a disparu. »

Le psychiatre a haussé les sourcils.

« Disparu ?

— Disparu », ai-je confirmé.

Je voyais bien qu'il était sceptique.

« Ne vous leurrez pas, docteur : je suis comme vous. Moi non plus, je n'entends rien à cette affaire. J'ai été vilain avec Maman et elle a disparu. Envolée, évanouie ! Je ne peux rien vous dire de plus. »

Le Dr Adam m'a invité à relater méthodiquement les événements ayant conduit au départ de Maman. Je me suis exécuté :

« C'est arrivé dimanche. C'était son anniversaire et je lui avais offert un portrait de moi, comme chaque année. Elle m'a demandé de l'accrocher au mur de sa chambre avec tous les autres, ce que j'ai fait sans protester. Ensuite, je me suis trouvé mal, alors je suis allé m'étendre sur mon lit. Mon corps me pesait, en plus de me comprimer. Je croyais mourir. Maman m'a apporté une tasse de camomille pour me calmer. Elle s'est allongée à côté de moi et m'a embrassé.

— Elle vous a embrassé, a répété le docteur.

— Oui, elle m'a embrassé. Ici et là. »

J'ai indiqué avec mon doigt les endroits précis où Maman avait posé ses lèvres. Le psychiatre m'a fait signe de poursuivre.

« Ensuite, j'ai crié.

— Vous avez crié.

— Oui. Très fort. À pleins poumons. J'ai repoussé Maman, me suis agité dans tous les sens, la tasse s'est cassée, Maman a voulu me prendre dans ses bras, je l'ai encore rejetée, et puis, plus rien. Je me suis réveillé deux heures plus tard, au rez-de-chaussée. »

Le Dr Adam a ôté ses lunettes pour se frotter les yeux.

« Votre mère a donc quitté le domicile après que vous lui avez refusé son embrassade. »

J'ai confirmé.

« Je vois, je vois... Et vous me dites qu'elle vous avait embrassé à plusieurs reprises, notamment sur la commissure des lèvres. »

Nouvelle approbation de ma part.

« Il semblerait que ce genre d'attitude est assez fréquente chez votre mère. C'est du moins ce que vous m'avez laissé entendre dernièrement. »

Je ne me rappelais pas avoir évoqué ce sujet « dernièrement ». Peut-être était-ce l'une des fameuses confessions que j'avais faites au docteur sans m'en rendre compte, deux semaines plus tôt. Cette éventualité m'a mis mal à l'aise.

« Eh bien, ai-je bredouillé, c'est que Maman a toujours été très démonstrative. »

Le docteur hochait la tête à chacune de mes interventions, l'air grave.

« Maintenant, réfléchissez bien, monsieur Sommer. Quand précisément avez-vous commencé à vous sentir mal, ce dimanche ? »

J'ai rassemblé mes souvenirs et lui ai répondu avec assurance :

« Juste après avoir accroché le cadre dans la chambre de Maman.

— Vous trouviez-vous encore dans cette chambre quand les premières manifestations de l'angoisse sont apparues ? »

J'ai acquiescé.

« Très bien… Pouvez-vous identifier un élément en particulier qui aurait pu provoquer ce malaise ? Quelque chose que vous auriez vu ou entendu, ou même senti. »

J'ai réfléchi. En entrant dans la chambre de Maman, j'avais constaté que l'odeur de la pièce était plus forte que les autres années, à cause sans doute d'un manque d'aération. Elle sentait l'église, ai-je décrit au psychiatre. D'autre part, je me souvenais d'avoir entendu Maman m'appeler « mon petit Jésus », ce qui m'avait exaspéré, ou du moins gêné. Enfin, j'avais vu la photographie sur laquelle je posais avec elle, enfant. Le docteur a réagi :

« Si je comprends bien, il y avait un certain nombre de portraits sur ce mur.

— Trente-trois, en comptant celui que je venais d'accrocher.

— Et sur ces trente-trois photographies, votre mère n'apparaissait qu'une seule fois ?

— Oui.

— Pouvez-vous me décrire cette image ? »

J'ai dépeint le cliché aussi rigoureusement que possible. L'intérêt du docteur croissait à vue d'œil. Il m'a demandé de lui détailler ce que j'avais ressenti par la suite, dans ma chambre. Je me suis exécuté et lui ai relaté cette expérience horrible que j'avais vécue ; cette force paralysante – l'Angoisse – qui avait tenté de m'anéantir ; cette impression que les murs de la pièce se rapprochaient pour me compresser ; cet étouffement général qui avait manqué de me tuer.

Le docteur a longuement réfléchi avant de reprendre la parole :

« Lors de nos premières séances, vous m'aviez parlé d'un cauchemar récurrent que vous faisiez, étant plus jeune. Ce type de cauchemar aurait-il réapparu, récemment ? »

Je suis resté muet. Cet homme était un mage. Il lisait en moi comme dans un livre ouvert. Naturellement, je m'en suis inquiété.

« Oui, ai-je avoué. C'était exactement une semaine avant que Maman ne quitte la maison. »

À l'évidence, le docteur s'était attendu à cette réponse. Il a voulu savoir si d'autres événements notables étaient survenus en amont de la disparition. Il y avait eu, ai-je reconnu, mon bref essai dans l'entreprise de dératisation le mardi matin, ainsi que mon rendez-vous avec Eugénie le vendredi soir. Dans un cas comme dans l'autre, Maman s'était emportée, faisant preuve d'une colère démesurée envers moi.

« Et je présume que dans les deux cas, c'était une première pour vous. D'une part, vous n'aviez jamais exprimé l'envie d'obtenir un emploi, et d'autre part, vous n'aviez jamais eu de rendez-vous avec une femme. »

Là encore, il avait vu juste. Je commençais à redouter cet homme capable de décrypter ma vie.

« Simple déduction, rassurez-vous, a-t-il ajouté. Tout cela relève d'une certaine logique. »

Loin de me rasséréner, cette déclaration renforçait ma conviction que le docteur pouvait lire dans mes pensées et connaître mes émotions. J'avais envie de partir, mais je me suis efforcé de garder mon calme. Je ne pouvais me permettre de détaler à nouveau.

Plus d'une demi-heure s'était écoulée depuis mon arrivée dans le cabinet, et le rendez-vous touchait à sa fin. Nous n'avions pas parlé tant que ça, mais notre échange avait été entrecoupé de longs silences chronophages.

Je me suis levé. Mon regard a croisé le presse-papiers en verre, dont le fond représentait un oiseau. J'étais persuadé que c'était une mésange. Elle ressemblait à celle de la broche que j'avais offerte à Maman, quand j'étais plus jeune.

Le Dr Adam m'a raccompagné jusqu'à la porte. En posant sa main sur la poignée, il était toujours plongé dans ses réflexions. Avant de me laisser partir, il m'a demandé avec une espèce de hâte :

« La tasse, où se trouvait-elle ? »

J'ai compris qu'il parlait de la tasse de camomille qui s'était fracassée sur le sol lorsque Maman avait voulu m'enlacer.

« Sur ma table de chevet », ai-je rétorqué.

Le docteur n'a pas sourcillé, mais j'ai bien senti que quelque chose le tracassait.

5

Vendredi

La maison est sens dessus dessous. J'ai passé ce vendredi à retourner le rez-de-chaussée. C'est à cause d'un rêve que j'ai fait cette nuit.

Je me suis endormi de bonne heure, hier soir. Après être revenu de chez le Dr Adam, cherchant une manière de m'occuper, je me suis mis à lire *Madame Bovary*. Le livre était resté sur la table basse du salon depuis que Maman l'avait lu.

L'histoire m'a plu. Le sort d'Emma Bovary ne m'a pas laissé indifférent. Au fond, cette femme avait péri parce qu'elle était prisonnière d'une vie qui ne lui convenait pas. Il y avait du sens là-dedans.

J'ai achevé la lecture en début de soirée, à la suite de quoi je me suis assoupi. Le décor de ma rêverie n'a pas tardé à se planter. Je me suis retrouvé dans un endroit étonnant. C'était une pièce qui avait pour particularité de n'être constituée que de tiroirs. Les murs en étaient recouverts de bas en haut. Seuls le sol et le plafond étaient épargnés. Il n'y avait ni porte ni mobilier.

Uniquement des tiroirs. Tous identiques. J'ai reconnu le parquet, car c'était celui de la maison.

J'ai entendu un bruit derrière moi et me suis retourné. Le Dr Adam était là. Il me faisait face, un étrange sourire aux lèvres.

« Mais enfin, que faites-vous ici ? me suis-je enquis.

— Monsieur Sommer, je suis venu vous dire qu'il vous faut ouvrir les tiroirs.

— Pardon ? » ai-je dit, dérouté.

Le docteur a joint les mains derrière son dos et s'est mis à marcher autour de moi en me dévisageant. Soudain, il s'est arrêté et a hurlé :

« Ouvrez les tiroirs ! »

Sa bouche s'est tordue en un rictus des plus sinistres. Terrorisé, j'ai voulu m'enfuir, mais puisqu'il n'y avait pas de porte, je n'avais nulle part où aller. Le psychiatre s'est lentement rapproché de moi. D'une voix inquiétante, il a répété, en marquant une pause entre chaque mot :

« Ouvrez... les... tiroirs. »

Contraint d'obéir, je me suis avancé jusqu'au mur le plus proche. J'ai ouvert un tiroir au hasard. Au fond de celui-ci, reposait un rectangle de papier glacé jauni. Je ne l'avais aperçu qu'une fois auparavant, mais il ne m'a pas fallu deux secondes pour le reconnaître. Mon cœur a palpité. Je tenais entre mes doigts le cliché de mon père que je n'avais pas revu depuis mes dix ans.

J'ai interrogé le Dr Adam du regard. Il souriait toujours d'un air sadique.

« Ouvrez les tiroirs », a-t-il répété.

J'ai ouvert un deuxième tiroir, puis un troisième, et ainsi de suite. Dans chacun d'entre eux, je trouvais la même image. Bientôt, tous les tiroirs du mur furent ouverts. Des dizaines d'instantanés, tous identiques, jonchaient le sol. Le psychiatre s'est esclaffé :

« Eh bien, monsieur Sommer, vous savez maintenant ce qui vous reste à faire : ouvrir les tiroirs. »

Son rire a repris de plus belle.

Au même moment, tous les tiroirs de la pièce ont commencé à s'agiter. Ils s'ouvraient et se refermaient frénétiquement, produisant des centaines de claquements secs et simultanés. Eux aussi riaient à leur façon. J'ai pressé mes paumes contre mes oreilles, mais le bruit était tel que rien ne pouvait le couvrir. Le thérapeute continuait à rire aux éclats. J'allais devenir fou.

Je me suis réveillé. Mon corps était moite. Puisqu'il faisait encore nuit noire, je me suis jeté sur l'interrupteur. À mon grand soulagement, les murs du salon étaient intacts et le mobilier à sa place. Je suis retourné me coucher sur le canapé sans éteindre la lumière, et rapidement, je me suis rendormi.

Il faisait jour quand j'ai rouvert les yeux. Ma transpiration nocturne n'avait pas eu le temps de sécher. Mes vêtements humides collaient à la peau et me faisaient frissonner.

Je suis allé à la salle de bains pour une brève toilette. Mes habits étaient trop imbibés de sueur pour que je puisse les renfiler. Avec le froid ambiant, je risquais de tomber malade. Or, je n'avais pas besoin d'un rhume pour couronner mes malheurs.

Je portais la même tenue depuis six jours que Maman était partie. L'idée de me changer ne m'avait pas effleuré l'esprit, tout comme j'étais resté plusieurs jours sans boire ni manger. Je suis allé chercher des habits propres dans la petite chambre d'amis qui jouxte la salle de bains et que nous utilisons pour entreposer notre linge. Maman ne reçoit personne à la maison, et cette pièce n'a de chambre que le nom.

En un rien de temps, j'étais de retour dans le salon. J'ai repensé au rêve que j'avais fait dans la nuit : le Dr Adam qui venait chez moi pour m'ordonner d'« ouvrir les tiroirs », son rire infernal, la photographie de mon père, etc. Au premier abord, c'était absurde. Mais plus j'y pensais et plus j'en arrivais à croire qu'il y avait dans ce songe une dimension mystique, comme une prophétie. Ce rêve m'avait chargé d'une mission on ne peut plus précise : « ouvrir les tiroirs ». Il ne me restait plus qu'à m'exécuter.

Je me suis attelé à fouiller le rez-de-chaussée dans ses moindres recoins, convaincu que j'y dénicherais le cliché de mon père, ainsi que l'avait prédit mon rêve. Dès lors, je serais en mesure de comparer le visage de mon géniteur avec celui du docteur, et de savoir s'il s'agissait d'une seule et même personne.

J'ai commencé par le buffet du salon. Je n'y ai découvert que de la paperasse : articles de journaux découpés, documents administratifs, courrier en tous genres... Les coupures de presse dataient des années 1980. Elles relataient toutes un même fait divers. Le suicide d'un homme, précisément. Ce dernier avait trompé son épouse, qui était une chanteuse à succès. Par-dessus le marché, il avait choisi pour maîtresse sa propre cousine germaine. Je trouvais l'affaire sordide et ne voyais pas pourquoi Maman avait conservé ces coupures.

Le meuble était rempli de ces antiquités poussiéreuses accumulées au fil des ans. Elles ne présentaient aucun intérêt à mes yeux. Je prenais malgré tout le soin de vérifier qu'aucune image n'était dissimulée entre deux feuilles de papier.

Quatre heures plus tard, j'avais littéralement retourné le rez-de-chaussée. Dans chaque pièce comportant un buffet ou une commode, tous les tiroirs étaient tirés et des quantités de papiers couvraient le sol. La photographie demeurait cependant introuvable. J'ai pesté contre ce fichu rêve que j'avais élevé au rang de prophétie et qui n'était en fin de compte qu'une vaste supercherie.

J'étais sur le point d'abandonner ma quête lorsque l'évidence s'est imposée : si Maman avait quelque chose à cacher, c'était dans sa chambre qu'il fallait d'abord chercher ! Je me suis frappé le front en me traitant d'imbécile. Pourquoi n'y avais-je pas pensé plus tôt ? Pour ma défense, je n'entre dans cette chambre que rarement, et pas par plaisir : cette pièce dégage l'atmosphère d'un lieu sacré, humide et inquiétant comme un sépulcre, mystique sans doute, et dans lequel on ne pénètre qu'avec révérence, sous l'œil sévère du divin. L'idée d'y entrer seul et de mon plein gré me gênait. C'est pourquoi je n'y avais songé qu'en dernier recours.

J'ai marché jusqu'à la porte de la cage d'escalier et, alors que mes doigts se refermaient sur le métal froid de la poignée, j'ai entendu dans mon dos l'appel inaudible d'une voix muette qui disait : « Viens... » Je devinais une silhouette qui se tenait là, derrière moi. Soudain, il m'a semblé qu'une main invisible me tirait par la manche. Je me suis retourné. Depuis l'entrée, le petit secrétaire de Maman me scrutait. Il n'avait pas d'yeux, mais je sentais son regard braqué sur moi. C'était un meuble en bois de style Empire, constitué de deux portes en sa partie inférieure, d'un abattant que l'on baisse pour écrire, le tout surmonté d'un tiroir à hauteur de tête. Les pieds représentent les pattes d'un sphinx. C'est là que Maman fait ses comptes chaque semaine. Cette cachette potentielle m'avait échappé.

Suivant la logique de mon rêve, je me suis approché du secrétaire et me suis d'abord penché sur son unique tiroir. Il était vide. J'ai ensuite ouvert les deux portes de sa partie basse. Là non plus, il n'y avait rien. En dernier lieu, je me suis intéressé à la section centrale – celle avec l'abattant. Il fallait une clef pour l'ouvrir. Maman place toujours cette clef dans un endroit prétendument secret, lorsqu'elle a fini de faire ses comptes. Toujours est-il que je connais cette cachette depuis longtemps. Un jour, j'avais surpris Maman en train de verrouiller le secrétaire. Elle avait donné deux tours dans la serrure et s'était accroupie pour coincer la petite clef entre la plinthe du mur et l'un des pieds du meuble.

C'est donc sans difficulté que j'ai déverrouillé l'abattant, ce matin. Une fois baissé, ce dernier s'est transformé en une tablette dont le dessus était revêtu de cuir, et j'ai eu accès à l'intérieur du bureau. Il y avait là de petits compartiments dans lesquels Maman range son nécessaire d'écriture. L'un était destiné aux stylos, un autre aux enveloppes et aux timbres, un autre encore à divers instruments tels qu'un ouvre-lettre et un presse-papiers. J'ai inspecté chacun de ces compartiments en vitesse, persuadé que mes recherches ne donneraient rien. La suite a prouvé que j'avais tort.

Elle était là.

J'avais soulevé une enveloppe et elle était apparue.

La photographie de mon père.

Cette fois, je ne rêvais pas. L'objet que je tenais entre les doigts était réel et fidèle au souvenir que j'en conservais : le jaunissement du papier, l'usure de sa pellicule glacée, son rebord irrégulier...

Mon émerveillement était comparable à celui du templier découvrant le Saint Graal. La sensation que j'en tirais transcendait toute description. Depuis vingt-trois ans, je n'avais cessé de reconstruire mentalement cette photographie, et voilà que je la possédais ! Mon rêve ne m'avait pas trahi, à ceci près que j'avais fait la découverte en fouillant non pas un tiroir, mais le secrétaire de Maman. Ce détail n'enlevait rien au caractère exceptionnel de la trouvaille.

Mon engouement s'est un peu tari quand j'ai constaté que le portrait en lui-même différait légèrement de mon souvenir. De fait, le visage de mon père était assez flou, et ses traits moins précis en réalité que dans ma mémoire. Ses yeux, son nez et sa bouche ne se démarquaient pas nettement du reste ; ils se fondaient au tout.

L'image avait vieilli, naturellement. Elle était usée. Cela, je le savais depuis la première fois que je l'avais vue, mais j'étais déçu tout de même. Il y avait dans ce visage des lacunes, des carences, et maintenant que le temps en avait estompé les subtilités, il aurait pu appartenir à beaucoup d'hommes. Ce n'était pas sans raison que j'avais étoffé le portrait de maints détails imaginaires au fil des ans : ce visage était si vague, si peu défini que l'on était forcé de le garnir et d'y ajouter de la matière pour le rendre humain. Autrement, ce n'était pas un homme que l'on voyait, mais un spectre. J'étais écœuré. J'avais passé deux décennies à fantasmer un visage qui s'avérait finalement imprécis et sans saveur.

J'ai contemplé la photographie une bonne demi-heure, tentant à tout prix de percevoir le détail que j'aurais omis, et qui aurait constitué un lien indéniable entre mon père et le docteur : un grain de beauté, une cicatrice, n'importe quoi. Mais le mauvais état de l'image ne m'autorisait pas ce degré de précision. Je restais malgré tout déterminé à prouver que les deux visages appartenaient à la même personne. Mon esprit faisait des allers-retours incessants entre ma représentation mentale du Dr Adam et le portrait que j'avais sous le nez.

À force de comparaisons, les traits de l'homme sur la photographie ont fini par se préciser. Plus je l'observais et moins sa physionomie me paraissait vague. Sa bouche, par exemple, semblait se courber en un sourire rassurant, semblable à celui que le psychiatre m'adressait parfois pour m'encourager à parler. Et justement, deux semaines plus tôt, n'avais-je pas immédiatement pensé à mon père lorsque le Dr Adam m'avait souri ? Si, bien sûr ! C'était précisément de ce sourire que tout était parti. Le docteur m'avait rappelé mon père, et ce dernier me renvoyait à présent au docteur. Je trépignais. Le psychiatre pouvait parfaitement être la version plus âgée de l'homme photographié.

Je me demandais à quelle occasion ce cliché avait été pris. Ç'aurait presque pu être une photographie d'identité. On y voyait le modèle à partir du buste. Il devait avoir la vingtaine, et en dépit de l'usure du portrait, je pouvais affirmer qu'il avait été bel homme. Maman avait eu toutes les raisons de s'éprendre de lui.

D'ailleurs, elle aussi avait dû avoir ses charmes, à l'époque. Que penserait mon père s'il la revoyait aujourd'hui ? Car Maman, en prenant de l'âge, aura fatalement perdu la fraîcheur de sa jeunesse. À soixante-sept ans, elle en paraît dix de plus. Sa santé est fragile ; ses joues gonflées et couperosées pendent disgracieusement au-dessus d'un cou inexistant ; les varices qui courent le long de ses jambes sont la conséquence d'un surpoids flagrant ; et pour couronner le tout, Maman est légèrement bossue. Cette description que je brosse n'est pas flatteuse, mais elle a le mérite d'être objective. Or, l'objectivité est souvent dénuée de charme.

Mon père n'avait pas assisté au déclin de Maman. Il l'avait quittée à ma naissance, alors qu'elle était dans la fleur de l'âge. Maman n'avait gardé de lui qu'une photographie usée et décolorée. J'en venais à me demander pourquoi l'on s'acharne à conserver les images des disparus. Sans doute pour repousser le moment de leur départ définitif. Parce que l'on ne peut se résoudre à se séparer d'eux pour toujours. Parce qu'on les aime, en somme.

Tout s'est éclairé dans mon esprit : Maman n'avait jamais cessé d'aimer cet homme. Elle ne parlait de lui sous aucun prétexte, mais son silence en disait long sur les sentiments qu'elle lui vouait. Ce mutisme était criant. Et si le portrait de mon géniteur était à ce point usé, c'était que Maman avait passé ces trente-trois dernières années à l'embrasser. Ses lèvres avaient poli le papier au point d'en effacer l'image.

Tout cela parce que j'étais venu au monde.

Si je n'étais pas né, mon père ne serait certainement pas parti. Cette pensée m'a embarrassé, même si je n'y pouvais rien. Je n'avais pas demandé à naître, loin de là. À la vérité, je m'en serais bien passé.

La nuit commençait à tomber. J'ai soigneusement refermé le secrétaire sans me séparer du portrait. J'avais besoin de le garder avec moi ce soir. J'en avais trop longtemps rêvé pour le délaisser si facilement.

J'ai réalisé que depuis le matin, Maman avait été reléguée au second plan. Mon père l'avait en quelque sorte évincée et cela m'avait fait du bien, mais il était temps de revenir à la réalité, même si cette idée n'avait rien de ravissant. Le réel est toujours trop rude et inconfortable. Je ne voulais pas y retourner. Je ne voulais pas penser à Maman.

Alors, dans un élan d'égoïsme, j'ai décidé de prolonger mon répit.

Ce soir, je ne m'endormirai pas en pleurant l'absence de Maman, mais en me réjouissant d'avoir retrouvé la photographie qui m'est si chère, et que je serrerai contre mon cœur.

6

SAMEDI

La nuit a été calme.

En me réveillant ce matin, je tenais toujours l'image serrée contre ma poitrine. Il faisait un peu moins froid dans la maison. J'étais apaisé. Ou plutôt *anesthésié.* Car au fond, je savais que cette tranquillité ne durerait pas éternellement et je redoutais le retour de l'angoisse qui me guettait. L'accalmie, bien qu'elle soit douce, a quelque chose d'inquiétant. Souvent, elle n'est qu'un leurre. Cela étant, j'avais envie de profiter de cet apaisement, quelque illusoire qu'il fût. J'ai mangé et suis allé faire ma toilette en m'efforçant de ne pas penser à Maman.

Après ma fouille de la veille, le chaos régnait au rez-de-chaussée. La maison était un capharnaüm. Il m'a fallu du temps pour tout remettre en ordre. Une fois cette tâche achevée, je me suis demandé de quelle manière j'allais occuper ma journée. La météo était encore à l'orage.

Le téléphone a sonné. Je suis allé décrocher. Une voix lointaine a parlé. Elle m'appelait dans le cadre d'un sondage d'opinion réalisé par un certain institut que je ne connaissais pas. Avais-je quelques minutes à lui accorder ?

Vu que je ne réagissais pas, la femme au bout du fil m'a soumis la première question de l'enquête : de combien d'individus mon foyer était-il composé ? J'ai répondu qu'à l'heure actuelle, je n'en savais rien. La femme a dû penser que je n'avais pas saisi sa question. Elle s'est empressée de reformuler :

« Monsieur, combien de personnes vivent sous votre toit ?

— Une personne et demie », ai-je rétorqué, avant de raccrocher.

Je n'avais rien trouvé de mieux à répondre. Je ne pouvais pas dire que je vivais seul, mais je ne pouvais pas non plus prétendre que nous étions deux à la maison. Tant que Maman n'était pas revenue, il m'était impossible d'affirmer quoi que ce soit. Pour l'heure, la situation était indéfinie. C'est bien là le problème des disparitions : elles nous plongent dans un entre-deux inconfortable. L'individu disparu est aussi présent qu'absent. Il devient un fantôme : pas tout à fait vivant, mais pas tout à fait mort non plus. J'en conclus qu'une disparition est infiniment plus douloureuse qu'un décès. Un défunt, on le place entre six planches et on l'enterre ; un disparu, on n'en peut rien faire.

L'angoisse reprenait insidieusement le dessus. Le contrecoup tant redouté se montrait enfin et l'absence de Maman me rattrapait, avec encore plus de violence qu'auparavant.

La maison m'a tout à coup paru plus vide que jamais. D'ordinaire, Maman aurait comblé ce creux en m'envoyant faire une course ou en me demandant de lui préparer une tisane, de peigner ses cheveux, de l'aider à enfiler son tricot... Avec elle, pas de répit ni d'oisiveté : ses intarissables requêtes rythment ma vie. Maman a cette poigne de fer qui exige de lui obéir sans délai. Ses méthodes peuvent passer pour tyranniques, mais au moins donnaient-elles du sens à ma vie jusqu'à récemment.

Dès mon plus jeune âge, j'avais placé mon destin entre les mains de Maman. Ou peut-être était-ce elle qui s'en était emparée. D'une certaine façon, cela m'avait allégé d'une lourde responsabilité : celle de vivre. Je n'avais jusque-là vécu que par procuration, sans être véritablement responsable de mes faits et gestes ; et voilà que du jour au lendemain, je me retrouvais seul face à l'adversité, comme un animal pas encore sevré qui doit lutter pour survivre.

Je me suis senti minuscule au milieu de cette vaste maison, elle-même perdue dans un monde immense qui se perdait à son tour dans un espace insondable. Je n'avais pas sérieusement envisagé de prendre un jour les rênes de ma vie. Ç'avait été un fantasme, tout au plus. Mais j'étais désormais maître de mes agissements, de mes paroles, de mes pensées, et libre de vivre selon mes envies. Je devenais, en somme, un individu à part entière ; je portais en moi tout un univers de sons, d'images, de mots et de sentiments, et cet univers m'appartenait, j'en étais l'unique régisseur. Toute une vie s'étendait devant moi. Une vie qu'il m'incombait de bâtir avec ma volonté et de paver avec mes désirs. Cette responsabilité me semblait aussi énorme qu'oppressante.

Mais j'entrevoyais, au bout de cette existence, une épreuve plus glaçante encore que l'existence elle-même.

La mort.

Le néant.

Celui qui a inventé la vie n'a pas jugé cette dernière suffisamment cruelle, alors il a décrété qu'elle s'achèverait par l'humiliation suprême : l'anéantissement total et irréversible de l'être. En une fraction de seconde, passer de quelque chose à rien du tout.

Certains se rassurent en se disant qu'ils ont déjà baigné dans ce vide absolu avant de venir au monde, et qu'ils y retourneront tout naturellement après leur mort. En quoi cet argument peut-il réconforter ? D'ailleurs, il n'est pas valable : avant ma naissance, je ne baignais pas dans le néant puisque j'étais coincé entre les entrailles de Maman, où je mûrissais en attendant mon heure. Non, je me refuse à croire que l'épilogue de ma vie ressemblera à son prologue. Je me fais une raison : une fois le seuil de la mort franchi, il n'y aura rien. Ce sera un grand vide qui couronnera une existence absurde et à peine vécue.

Force est de constater que notre condition est une vaste supercherie. Mais que puis-je faire à mon niveau pour y remédier ?

Rien.

Cette existence dénuée de sens m'embarrasse, ma mort prochaine me poisse, et moi, à l'étroit dans ma prison d'os et de chair, je suis impuissant. On peut échapper à tout, sauf à la vie. Pas sans souffrance, certes. Mais la vie elle-même est souffrance. Il faut souffrir dans tous les cas.

Ce constat m'a angoissé au plus haut point et il m'angoisse encore ce soir. Je n'ai pas les épaules pour porter ce monde, ni cette vie, et encore moins cette mort. J'ai besoin de quelqu'un d'aussi solide que Maman pour m'aider à supporter le poids de ce destin qui me broie.

Je me suis lové dans mes couvertures sur le canapé, recroquevillé sur moi-même, les genoux ramenés contre mon torse.

De nouveau, j'ai froid. Et peur. Peur de devoir faire face au monde en solitaire.

7

Dimanche

La sonnette a retenti à dix heures. J'ai d'abord cru que c'était la mort qui venait me chercher puis, en émergeant du sommeil, j'ai finalement jugé ce scénario peu probable : la Faucheuse n'était pas courtoise au point de s'annoncer ainsi. Restait à savoir qui me sollicitait un dimanche matin. Les jours précédents, j'aurais tout de suite pensé à Maman, mais ce matin, mes espoirs étaient minces.

Je suis allé ouvrir sans trop me presser. Depuis le perron, j'ai scruté la rue. Un torrent de pluie m'empêchait d'identifier la personne qui me faisait signe, à quelques mètres seulement. J'ai empoigné mon pardessus et suis sorti.

Eugénie se tenait là, derrière le portail. Ses cheveux étaient trempés et des gouttes ruisselaient sur son front. Cette énième averse avait dû la surprendre sur son trajet. La voyant toute frissonnante, je me suis senti obligé de la faire entrer.

J'ai refermé la porte derrière nous. Un silence absolu a remplacé le tumulte du déluge. Eugénie a enlevé son manteau et m'a embrassé timidement sur la joue en murmurant un « Bonjour, Victor » plein de tendresse. Je l'ai saluée à mon tour. Elle m'a expliqué que j'avais eu l'air préoccupé lors de notre sortie au cinéma, quatre jours plus tôt. Elle venait donc s'assurer que j'allais bien. Je lui ai répondu sans conviction que son intention me touchait. Elle m'a suivi dans le salon.

Son attention s'est portée sur le canapé où étaient entassés le châle de Maman et le plaid qui me servent de couvertures.

« Tu dors ici ? s'est-elle étonnée.

— Oui, ai-je avoué. La chaudière est en panne. C'est pour ça qu'il fait si froid. Mais on est toujours mieux dans le salon qu'à l'étage. Dormir là-haut avec cette humidité et sans chauffage, ce serait de la folie. »

Mon argumentation laissait à désirer. Elle était maladroite en ceci qu'elle pavait la voie à une question inévitable qu'Eugénie s'est empressée de poser :

« Et ta mère, où couche-t-elle ? »

Une goutte a perlé à la surface de mon front. J'avais – inconscient que j'étais ! – orienté la conversation vers le sujet que je redoutais tant. Il me fallait répondre spontanément pour ne pas laisser le silence trahir ma gêne.

« Maman n'est pas frileuse », ai-je dit.

À en croire son expression, Eugénie n'était pas convaincue. Cette situation lui paraissait étrange. Peut-être même a-t-elle pensé que j'étais ingrat de laisser ma vieille mère dormir dans le froid humide de sa chambre à coucher. J'avais honte. Eugénie a fait quelques pas dans le salon avant de reprendre :

« Pour tout te dire, je ne trouve pas qu'il fasse froid dans cette maison. Au contraire, il y fait bon. »

Je n'ai pas prêté trop d'attention à cette remarque. Tout ce qui relève des perceptions est si subjectif qu'il serait idiot de s'y attarder. Eugénie estimait qu'il faisait bon, soit. Quant à moi, je frissonnais depuis des jours. Il n'y avait rien à redire là-dessus. Je n'ai pas répliqué.

Ma visiteuse a pris place sur le canapé. Ses cheveux gouttaient sur le dossier en tissu. Maman, si elle avait été présente, s'en serait rendue malade. Je suis allé chercher une serviette et l'ai tendue à Eugénie pour qu'elle se sèche. Je lui ai ensuite proposé une infusion de thym pour éviter le rhume. Elle a ri.

« Oh, Victor ! toi et tes tisanes ! Je parie que tu tiens ça de ta mère. Eh bien, je te donne carte blanche. Sers-moi ce qui te plaira. »

Eugénie n'avait pas tort. Selon Maman, il y a une tisane pour tous les maux.

Tandis que je mettais de l'eau à bouillir dans la cuisine, Eugénie s'est approchée de moi. Elle m'a demandé à voix basse si Maman était à la maison en ce moment. Sans quitter des yeux la casserole que je plaçais sur le feu, j'ai prétendu que Maman était sortie faire une course. J'ai aussitôt réalisé que ça n'avait aucun sens : le dimanche, tout est fermé dans notre ville et il n'y aurait personne au marché par ce temps. Eugénie n'a pas relevé l'incohérence de mon propos, certainement pour ne pas m'embarrasser davantage. À force, elle allait finir par penser que j'étais un imbécile doublé d'un menteur.

De retour au salon, elle a bu sa tasse en silence. Je la contemplais comme un bêta ; elle regardait la photographie du cocker sur le buffet.

« C'est votre chien ? s'est-elle hasardée.

— *C'était*, ai-je corrigé. Il est mort voilà deux semaines. Un dimanche pluvieux, comme aujourd'hui. Un os coincé dans la trachée, rien que ça.

— C'est triste. Ta mère a dû avoir de la peine. Et toi aussi.

— Pas particulièrement, pour ma part », ai-je démenti.

Le visage d'Eugénie s'est crispé. Je crois qu'elle cherchait à me soutirer quelque émotion, mais je demeurais stoïque.

« Une mort est si vite arrivée, s'est-elle alarmée. C'est glaçant. La vie, ça ne tient à rien. Un os ! Un vulgaire os ! C'est ce qui nous constitue, et pourtant, on peut en mourir. Si ce n'est pas un comble ! Vraiment, c'est scandaleux ! »

J'ai d'abord cru que cette insurrection visait à meubler la conversation, mais j'ai vite changé d'avis : la passion d'Eugénie était authentique. Elle était révoltée et cela me plaisait. Son charme croissait à mesure qu'elle s'insurgeait contre le trépas du cocker, si injuste et pathétique.

« Pourquoi meurt-on ? me suis-je risqué.

— Et pourquoi vit-on ? a-t-elle riposté. Si la mort est mystérieuse, la vie l'est tout autant. Si on doit mourir, c'est uniquement parce que la vie nous y oblige. Sans vie, pas de mort. On blâme toujours la Faucheuse alors qu'elle n'y est pour rien : elle aussi est une esclave de la vie. Il faut bien que quelqu'un endosse le mauvais rôle.

Oui, la *seule* responsable de nos malheurs, c'est bel et bien la vie. »

Cette réflexion m'a renvoyé à mes vertiges métaphysiques de la veille. Ainsi, Eugénie et moi partagions les mêmes préoccupations. Cette discussion commençait à m'intéresser.

« Alors, ai-je conclu, il aurait mieux valu ne pas naître. Mais maintenant que le mal est fait, il n'y a plus de retour en arrière possible. Toi et moi, on a une vie sur les bras. On n'en voulait pas, on ne sait pas quoi en faire, mais c'est comme ça. Souvent, je me demande pourquoi je vis.

— Tout simplement parce qu'on t'y a forcé. Combien d'entre nous seraient nés si on leur avait laissé le choix ? Très peu, je crois. Mais c'est à nos parents qu'est revenue cette décision, et ils ont décrété qu'on devait vivre. En décidant ça, ils ont du même coup établi qu'on devra mourir un jour. Ils se vantent de nous avoir mis au monde, mais ils oublient de mentionner la fin tragique que ça implique. »

Eugénie avait prononcé cette dernière phrase d'une traite et en insistant sur le mot « tragique ». J'étais étonné de l'entendre s'exprimer avec tant d'amertume. Pour moi, elle était restée cette petite fille modèle qui écoutait religieusement les professeurs et ne remettait pas en cause leur autorité. Cette enfant exemplaire, disciplinée, résignée, jamais je ne l'aurais crue capable de blâmer ses propres parents. Je me rappelais l'époque où ces derniers venaient la chercher chaque soir, à la sortie du collège. Elle les embrassait gentiment sous les regards moqueurs des autres élèves, qui la qualifiaient de « fille à papa ».

« Tu en veux à tes parents de t'avoir mise au monde ? », ai-je demandé.

Eugénie a réfléchi. Ses yeux étaient rouges, emplis de larmes, et sa voix sanglotante.

« Ce que je leur reproche, c'est d'avoir poussé le vice à l'extrême. Ils m'ont non seulement imposé la vie, mais ils ont en plus modelé cette vie selon *leurs* désirs. J'étais leur jouet. Ça ne partait pas d'une mauvaise intention, bien sûr. Peu de choses partent d'une mauvaise intention. Il n'empêche que jour après jour, je devais porter ces pull-overs hideux que ma mère me tricotait, ces cols roulés qu'elle aimait tant, ces grosses lunettes que mon père avait choisies et qui m'ont valu tous les noms d'oiseaux, et j'en passe. Le mercredi, Papa m'amenait à la danse parce qu'il n'y avait "pas d'art plus noble pour la jeune fille que j'étais". Ce n'était pas l'avis de ma professeure, qui répétait à chaque cours que j'avais la grâce d'une oie. J'avais envie de déchirer mon tutu et de le lui faire avaler ! Moi qui m'étais toujours demandé ce que je fichais sur cette planète, je subissais ces humiliations qui me confirmaient que je n'avais pas ma place ici-bas. Tout ça parce que ma petite maman trouvait que ses pull-overs m'allaient *à merveille* et que mon petit papa m'aimait avec mes grosses lunettes et mes chaussons de danse. Oui, c'est ça que je leur reproche : m'avoir donné la vie pour ensuite se l'approprier, comme s'ils n'avaient pas assez de la leur ! »

Eugénie pleurait. C'était la première fois que je la voyais dans cet état. Au temps de nos études, alors que tout le monde riait d'elle, elle n'avait jamais lâché une larme.

Elle s'est reprise et a dit sèchement :

« Sais-tu ce que Chateaubriand disait de sa mère ? Qu'elle lui avait "infligé la vie". »

Je crois avoir souri à ce moment-là, car cette citation exprimait précisément mon ressenti. Je me demande depuis toujours pourquoi Maman m'a mis au monde. Pour que je m'occupe d'elle, vraisemblablement. Mais peut-on vraiment donner naissance à un être dans le seul but de l'assujettir ? Puisque Eugénie avait l'air instruite en la matière, je l'ai mise à l'épreuve :

« Et pourquoi ma mère m'a-t-elle infligé la vie, à moi ?

— Eh bien, certains te diraient : "Par amour." Moi, je te réponds : "Par égoïsme." Tu vas me trouver dure et pessimiste, mais la vérité est rarement reluisante. On n'a des enfants que pour soi et non pour eux. Si on voulait leur bonheur, on ne les mettrait pas au monde, un point c'est tout. Je suis convaincue que le désir d'enfanter trahit une frustration : cette vie nous fait horreur, notre destin nous angoisse, alors on fait des enfants qui partageront notre sort. La peine est plus supportable quand on la souffre à plusieurs. Et puis, avoir un enfant, c'est s'assurer qu'au moins une personne pleurera à notre enterrement. C'est en tout cas ce qu'on se raconte pour se consoler. Tout le monde craint de mourir seul et sans bruit. Mais en ce qui me concerne, j'ai décidé de ne pas avoir d'enfants, parce qu'ils ne seraient que le fruit d'une frustration. Ce choix, je le fais par amour pour eux : c'est parce que je les aime que je leur épargne la vie. »

L'argumentaire d'Eugénie m'a stupéfié. J'ignorais ce qu'il valait, mais j'y adhérais volontiers. La conviction de ma compagne m'absorbait.

« Et toi, a-t-elle dit, quels sont tes sentiments envers ta mère ?

— Maman est parfois compliquée », ai-je timidement confessé.

Eugénie m'a encouragé à développer. J'étais en terrain glissant. Je ne devais pas me mettre en difficulté. Il me fallait redoubler de prudence dans mes formulations.

« Maman a ses humeurs et ses exigences. Elle attend beaucoup de moi. On peut le comprendre : je suis son seul enfant.

— En bref, elle est étouffante, a osé Eugénie.

— C'est une question de point de vue. Maman m'aime beaucoup. Ce n'est pas méchant.

— Bien entendu... Est-elle au courant qu'on se voit ? »

J'ai hésité.

« Maman n'est pas stupide. On n'a pas besoin de lui dire les choses : elle *sait* déjà tout avant même qu'on n'ouvre la bouche. Elle *sait* que je te fréquente et ne s'en réjouit pas outre mesure.

— Dans ce cas, a dit Eugénie en se levant, je ferais mieux de partir. Ta mère va rentrer d'une minute à l'autre et j'aimerais autant qu'elle ne me voie pas ici. »

Son visage s'était durci et sa voix était sèche.

« Non, ai-je fait en la retenant par le bras. Tu peux rester encore un peu, je t'en prie. Elle ne devrait pas revenir tout de suite. »

Eugénie s'est radoucie. Si j'avais d'abord déploré sa visite, je devais admettre que sa présence me faisait du bien. Je retrouvais, à son contact, une forme d'humanité qui me manquait depuis le départ de Maman, une semaine plus tôt. Si je voulais qu'Eugénie reste, je devais l'intéresser. La seule façon d'y parvenir était de me dévoiler un peu. Puisque nous venions de parler de Maman, j'ai poursuivi sur cette lancée en racontant la première anecdote qui m'est passée par la tête :

« Étant enfant, j'avais un rituel très curieux auquel je me pliais chaque soir. Après que Maman était venue me souhaiter une bonne nuit, je murmurais à voix basse, caché sous mes draps : "Je hais Maman." Je ne le pensais pas le moins du monde et pourtant, c'était comme si quelque chose me forçait à prononcer cette phrase contre mon gré. J'avais la sensation qu'un petit démon était niché au creux de mon épaule et qu'il m'incitait à réciter ces paroles comme un blasphème. Sitôt que je les avais murmurées, une peur immense m'envahissait. Je me repentais en répétant dix fois : "J'aime Maman." De cette façon, je contrais l'outrage que je venais de commettre. Mais dès le lendemain soir, je récidivais. Je n'ai jamais compris cette obsession que j'avais, cette attirance pour le blasphème qui, en même temps, m'effrayait. »

Eugénie m'écoutait religieusement, sûrement un peu surprise par ma loquacité inattendue.

« Victor, aimes-tu *réellement* ta mère ? »

Cette question directe ne me plaisait pas beaucoup. Je l'ai contournée.

« Maman m'aime beaucoup », ai-je dit.

J'ai jugé cette réponse valable. Maman m'aimait, ce qui impliquait que j'avais le devoir de l'aimer en retour. Eugénie, de son côté, n'avait pas l'air satisfaite.

« Êtes-vous tous aussi pudiques dans votre famille ? », a-t-elle demandé.

Je disposais de peu de matière pour développer sur ce sujet, puisque ma famille se résume à Maman seule.

« Maman est très démonstrative à mon égard. Moi, je n'aime pas tellement épancher mes états d'âme. C'est pourquoi je parle peu.

— Ça tombe bien, a répondu Eugénie. Les gens qui parlent beaucoup m'ennuient. Ils expriment leurs vues sur tout et sans retenue. Ils n'ont rien à cacher. Les muets m'intriguent davantage : s'ils n'ouvrent pas la bouche, c'est par peur de laisser s'échapper des secrets qu'ils taisent depuis trop longtemps. Comprendre ce que leur silence dissimule : voilà ce qui m'intéresse. »

Elle a marqué une pause avant de poursuivre :

« Comment appelle-t-on cet être omniscient à qui on consacre sa vie, qui décide de nos joies, de nos peines, et qui, finalement, orchestre notre existence ?

— Dieu, ai-je dit sans hésiter.

— Exactement. Crois-tu en Dieu ?

— Non.

— C'est tout à ton honneur. Mais je ne pense pas que ce soit entièrement vrai. Quel était l'objet de tes blasphèmes de jeunesse ? Ta mère. Sais-tu ce qu'est un blasphème ? Un affront à Dieu. Tu crois donc bien en Dieu puisque Dieu, c'est ta mère. Et toi, tu es le fidèle qui alimente son culte au quotidien. »

Ainsi, j'étais le fils de Dieu. C'est ce que prétendait Eugénie. Maman aussi l'avait sous-entendu en m'appelant « mon petit Jésus », une semaine en arrière. J'ignorais si c'était une bonne chose ou non ; si ce statut particulier m'élevait ou, au contraire, m'asservissait.

Eugénie a répondu à cette question avant même que je ne puisse la formuler :

« Il n'est *jamais* recommandable d'être à la merci d'un dieu, quel qu'il soit. Beaucoup ont bâti leur vie sur une illusion : celle d'être un jour récompensés pour toutes les souffrances endurées. C'est ce que tu désires ? Fonder ton avenir sur un mirage ?

— Non, ai-je admis en baissant le regard.

— Dans ce cas, révolte-toi ! Au lieu de te soumettre à Dieu, *sois* Dieu ! »

La conversation revêtait un aspect liturgique. J'assistais à un baptême : le mien. Eugénie, cette belle femme à l'apparence angélique, m'avait sacré « Dieu ». Curieusement, l'angoisse existentielle qui m'avait malmené depuis la veille s'était estompée. Je me sentais prêt à m'approprier cet univers qui s'offrait à moi, car j'en étais le régisseur et il me revenait de droit. Je vivais une libération. Je n'étais plus subordonné à qui que ce soit. Libre à moi de façonner mon existence à ma guise, sans maître ni loi. Cette fois, Maman ne pourrait pas abréger cette jouissance : elle n'était pas là pour m'empêcher de contempler ce monde qui était le mien.

Je me suis rapproché d'Eugénie et l'ai embrassée pour la remercier. Mon geste l'a surprise, puis elle m'a souri. Je lui ai promis de lui rendre visite dans la semaine. Elle était comblée. Je l'ai raccompagnée jusqu'au portail et nous nous sommes quittés. L'averse s'était calmée. Un rictus au coin des lèvres, Eugénie m'a lancé :

« Passe le bonjour à ta mère ! »

Et elle s'est éloignée.

Notre conversation a occupé mon esprit jusqu'au soir et, encore à l'heure actuelle, je ne peux m'en défaire. Je me plais à la décortiquer, à me répéter le discours d'Eugénie, en particulier cette dernière phrase qui a tout changé : « Au lieu de te soumettre à Dieu, *sois* Dieu. »

J'ai beau boire ces paroles jusqu'à m'en saouler, elles me galvanisent toujours avec la même force. Aussi ai-je pris la décision suivante : désormais, je ne me contenterai plus de vivre ; je me dois d'exister. À compter de ce jour, j'existe, et dorénavant, j'existerai davantage que quiconque.

Pour la première fois depuis deux semaines, Maman ne me manque pas.

TROISIÈME PARTIE

I

Lundi

Le monde était encore engourdi lorsque je l'ai surpris, au petit matin. Lui sommeillait ; moi pas. J'étais frais et dispos, déjà alerte et aux aguets.

J'ai ouvert la fenêtre en grand et me suis accoudé à son rebord. L'air qui a pénétré dans mes poumons était délicieux. Ses effluves urbains s'alliaient parfaitement à la fraîcheur matinale. Le forsythia dans la cour était sur le point d'éclore. Je suis resté plusieurs heures à suivre la naissance de cette nouvelle semaine, sans que personne vienne entraver ma contemplation.

J'étais heureux.

Je l'étais tout autant en m'élançant dans la rue, un peu plus tard. J'avais fait ma toilette et revêtu des habits propres pour aller chercher le journal. Depuis des années, c'était pour Maman que je faisais cette course, comme si l'actualité du monde lui était réservée. Aujourd'hui, j'allais acheter le quotidien pour mon seul plaisir. Mes pupilles seraient les premières à parcourir ses caractères imprimés. Je ne feuilletterais pas un journal de seconde main, et cela changeait tout. Je sifflotais en marchant.

Par souci d'honnêteté, j'avouerai tout de même que la lecture du journal n'était pas l'unique motivation de cette sortie. De fait, j'attendais impatiemment ma prochaine confrontation avec l'homme du kiosque. L'envie me démangeait de provoquer cet énergumène qui niait quotidiennement mon individualité par ses « Bonjour, monsieur » creux et réducteurs.

Je suis arrivé devant le kiosque. Comme prévu, l'homme m'a servi sa salutation habituelle sur un ton mielleux qui lui est propre. Pour lui, je restais un anonyme fondu dans la masse du peuple. Puisque je ne répondais pas, il s'est obstiné :

« Bonjour, monsieur. »

Je l'ai dévisagé.

« *Sommer*, ai-je précisé. Monsieur *Sommer.* »

L'homme est resté interloqué. Il a dû se demander ce que j'attendais de lui. Je lui ai répété, après un silence, que j'étais *monsieur Sommer*. L'air penaud, il a continué à me fixer avec ses yeux ronds comme des billes. Son crâne aussi lisse que luisant lui donnait l'apparence d'un œuf. Je n'aurais pas été surpris de voir son sommet se fendiller tant le bonhomme paraissait décontenancé. J'ai profité de son mutisme pour poursuivre :

« Vous êtes chauve, mon brave. Remarquablement chauve. Je suis bien certain que vous êtes le plus chauve de tous les imberbes. Le Chauve Suprême, si je puis dire. C'est extraordinaire, voyez-vous. »

Je jubilais. L'homme m'a jeté un regard mauvais en fronçant les sourcils. Sa mâchoire crispée trahissait sa colère et je me doutais qu'il luttait pour ne pas m'insulter. Il s'est emparé du journal sans que je le lui demande et, toujours avec le même regard noir, il m'a présenté sa paume ouverte pour réclamer l'argent. Je lui ai jeté la somme due, puis j'ai tourné les talons en riant aux éclats.

Au lieu de retourner à la maison comme je le faisais d'habitude, j'ai pris le chemin du jardin public. Ce coup-ci, il ne pleuvait pas. De part et d'autre du parc, des enfants jouaient. Depuis un banc, une jeune femme regardait sa fille nourrir les canards.

Je suis allé m'asseoir à côté d'elle. Là, j'ai entamé la lecture du journal. *Le Fond de l'abîme* faisait l'objet d'un énième article, ce qui m'a cruellement exaspéré. Aussi ai-je lâché un soupir bruyant. Ma voisine m'a observé du coin de l'œil. Je ne crois pas qu'elle avait noté mon existence, avant cela. Elle n'avait pas prononcé un mot depuis mon arrivée, pas même un « bonjour ».

J'ai laissé passer quelques minutes avant de souffler une seconde fois, à la suite de quoi la femme m'a lancé un nouveau regard en coin. J'ai tourné la tête vers elle et lui ai dit :

« J'espère que mes soupirs ne vous incommodent pas… Voyez-vous, je suis en train de lire un article des plus médiocres traitant du plus mauvais film de l'année. Non pas que je sois un grand cinéphile, mais je ne crois pas qu'il faille en être un pour affirmer que ce film est un navet. Sûrement en avez-vous entendu parler : on en fait l'éloge à tous les coins de rue. C'est l'histoire d'un marginal qui va se perdre – et de son plein gré ! – dans les profondeurs des abysses pour en percer les secrets. Vous imaginez ! Un héros pareil ! C'est pathétique, n'est-ce pas ? Les vrais héros n'ont pas le temps de se traîner au fin fond de l'océan. Au contraire, ils s'efforcent de s'élever vers les cieux. Car c'est le ciel, et non la mer, qui fait de l'Homme un dieu. Vous figurez-vous un Jésus qui, au lieu de se faire crucifier, irait s'enfoncer au fond de l'eau ? Jamais, au grand jamais ! C'est absurde. Ma foi, ce film me fait horreur. »

Ma voisine n'a pas répliqué. Pour seule réaction, elle s'est levée et a attrapé la main de sa fille qui, contrainte d'abandonner ses compagnons palmés, a beaucoup pleuré. Cette scène m'a désolé. À l'évidence, la petite préférait la compagnie des canards à celle de sa mère. Il fallait la comprendre : la bonne femme n'avait pas l'air commode.

Je suis resté sur le banc après son départ, dans l'espoir qu'un autre passant s'arrête pour s'y reposer. Un passant causant, de préférence, et non une carpe insipide comme celle qui m'avait faussé compagnie ! Mais le parc se vidait et personne ne venait. L'heure du déjeuner approchait. Bientôt, tous les enfants ainsi que leurs parents étaient partis. Seules restaient de petites vieilles au dos bossu qui tricotaient je ne sais quoi en dodelinant de la tête. J'ai décidé de rentrer à mon tour.

Comme j'avais retrouvé l'appétit, j'ai acheté sur le chemin du retour de quoi manger. Arrivé à la maison, je me suis installé à la table de la cuisine pour y achever la lecture du journal. À mon grand bonheur, les dernières pages étaient encore collées entre elles. Je me suis réjoui d'être le premier à les tourner et d'y trouver les petites annonces intactes, proprement imprimées sur le papier, attendant sagement d'être lues par moi seul.

L'entreprise de dératisation recherchait toujours un employé. J'ai repensé à cet homme au faciès de rongeur qui m'avait accablé deux semaines plus tôt. Revoir cette annonce m'a donné une idée.

Le combiné du téléphone en main, j'ai composé le numéro de la société. Par chance, c'est l'homme-rat qui a décroché. À sa simple voix, je l'imaginais au bout du fil, ses incisives jaunies mordant salement sa lèvre inférieure.

« Bonjour, ai-je dit. Je vous appelle pour un problème de rats.

— Je vois, a-t-il rétorqué. Pouvez-vous me communiquer vos coordonnées ainsi que vos disponibilités afin que nous puissions convenir d'un rendez-vous ?

— Bien sûr », ai-je fait.

Puis j'ai lu à haute voix l'adresse indiquée sur la petite annonce.

« Vous devez faire erreur, m'a informé l'homme-rat. Cette adresse est la nôtre.

— Exactement, ai-je dit avec assurance. »

L'agacement du gars était manifeste. Rassemblant toute sa patience, il m'a expliqué le plus calmement possible qu'il lui fallait non pas les coordonnées de son entreprise, mais celles de l'endroit à dératiser. Pour la seconde fois, je lui ai communiqué l'adresse de *Camusot père et fils, dératisation*.

« Mais enfin, a-t-il tonné, à quoi jouez-vous, mon vieux ?

— Il y a du boulot pour vous, à cette adresse.

— Voyons, vous n'êtes pas sérieux ! Des rats chez nous ! Vous plaisantez, ou alors vous êtes fou ! »

Je me suis pincé le nez pour réprimer le rire qui me démangeait.

« Avez-vous un miroir à proximité ? l'ai-je questionné.

— À quoi jouez-vous, encore ?

— Je vous demande si vous avez un miroir près de vous.

— Il y en a dans les sanitaires de nos locaux, a affirmé l'homme, sceptique.

— Eh bien, allez jeter un œil à ce miroir et vous verrez un peu s'il n'y a pas de rats chez vous ! »

Là-dessus, j'ai raccroché en pouffant de rire. J'en avais les larmes aux yeux.

En y réfléchissant, cet homme aurait pu m'arracher un brin d'empathie, car lui aussi s'était vu infliger la vie, et peut-être qu'il le regrettait. Son physique constituait à lui seul une raison suffisante pour maudire sa naissance. Mais ce diable de Camusot était un rat avant tout. Or, les rats n'ont pas le loisir de méditer sur leur condition, puisqu'ils passent leurs journées à se reproduire. Il est dans leur nature de procréer continuellement. Celui-là ne devait pas déroger à la règle. Je n'avais d'ailleurs aucun mal à l'imaginer rentrer dans son terrier le soir, accueilli par sa ribambelle de ratons aux dents aussi jaunes que les siennes. Cette vision m'a ôté le peu de compassion que j'aurais pu lui concéder.

Au cours de la journée, j'ai repensé à Maman, mais sans tristesse. Son absence ne m'abattait plus. Je me suis dit qu'il était cruel de passer à autre chose si rapidement, surtout lorsqu'il s'agissait de sa mère. Mais tout bien considéré, c'était elle qui avait choisi de partir. Je commençais, du reste, à apprécier cette vie en solitaire.

Il faisait encore frais dans la maison, car la chaudière était toujours en panne (je n'ai pas pris le temps de contacter le chauffagiste), mais ce détail ne nuisait aucunement à mon bien-être. La maison m'appartenait, j'en étais l'unique résident et, à ce titre, je pouvais en faire ce qui me plaisait.

Ma première résolution a été de retirer de la boîte à lettres le carton indiquant : *Madame Françoise Sommer et son fils*. Sur son verso vierge, j'ai inscrit au stylo : *Monsieur Victor Sommer*, et l'ai replacé sur la boîte.

En second lieu, je me suis muni d'un grand sac dans lequel j'ai jeté tout objet ayant une connotation maternelle trop forte : le châle de Maman qui me servait de couverture, la photographie du cocker sur le buffet du salon, et tout un tas d'autres bibelots qui ont croisé mon chemin. En moins d'une demi-heure, le sac était plein à craquer.

En faisant un dernier tour du rez-de-chaussée pour m'assurer que je n'avais rien oublié, j'ai aperçu, coincé entre le dossier et l'assise du canapé, la photographie de mon père. Elle était en piteux état. J'avais dû la froisser en me couchant dessus, les nuits précédentes. J'ai hésité à la jeter avec les affaires de Maman. On pourrait s'en étonner car, d'une part, j'avais passé vingt-trois années à convoiter ce cliché et, d'autre part, il représentait mon père, et non Maman. Il y a quelques jours encore, je n'aurais pas songé une seconde à me débarrasser de cet objet si précieux, mais aujourd'hui, je voyais les faits sous un angle nouveau.

J'avais, depuis toujours, considéré mes parents comme deux entités bien distinctes qu'aucun lien ne rattachait.

Mon père était une espèce de fantôme planant constamment au-dessus de ma tête, aussi volatil et abstrait que le Saint-Esprit. Maman, à l'inverse, était bien réelle. Trop réelle, peut-être. Or, on concilie rarement l'abstrait et le concret. Dans mon esprit comme dans mon quotidien, mes parents étaient indépendants l'un de l'autre. Il ne me serait pas venu à l'idée de les imaginer réunis et encore moins de les penser en tant que couple. Pourtant, il fut un temps où ils étaient indissociables ; un temps où leurs corps étaient si complémentaires que j'étais né de leur fusion.

Cela, je ne l'ai réalisé que ce matin. J'ai ainsi compris que le portrait que je tenais entre mes mains n'était pas uniquement celui de mon père, mais aussi celui de l'homme que Maman avait aimé, l'homme avec lequel elle avait comploté ma naissance. Au bout du compte, la photographie a rejoint le reste des bibelots dans le sac.

Cet épisode m'a au moins permis d'éclaircir un nouveau pan de mon histoire : mon père, loin d'être le héros que j'avais toujours magnifié, n'avait été que le complice de ma mise au monde.

C'était bien la première fois qu'il me décevait.

2

Mardi

La factrice a sonné en fin de matinée. C'est une jeune femme un peu gauche, qui semble s'excuser chaque fois qu'elle ouvre la bouche.

« Bonjour, a-t-elle fait. J'ai une lettre recommandée pour Mme Sommer. Est-elle présente ?

— Considérez que vous l'avez devant vous », ai-je rétorqué le plus sérieusement du monde.

La factrice a lâché un rire timide avant de jeter un coup d'œil furtif à la boîte à lettres. Immédiatement, son visage s'est obscurci.

« Je suis désolée, a-t-elle susurré en baissant les yeux.

— Désolée ? Et pourquoi devriez-vous l'être ?

— J'ignorais que votre mère était...

— Disparue ? Vous ne pouviez pas le deviner. Des disparitions, il y en a tous les jours sans qu'on le sache. Des chiens, des chats et parfois des mères. C'est difficile au début, bien entendu, mais on s'en accommode, je vous assure. »

La jeune femme nageait dans un manteau bleu et jaune trop grand pour elle. L'extrémité de ses doigts dépassait à peine des manches. Le bout de son nez était rouge. Elle avait l'air penaude.

« Ne soyez pas embarrassée, ai-je repris. Vous savez, Maman ne vous aimait pas beaucoup. Pour tout vous dire, elle pestait souvent contre vous. Elle se plaignait que vous étiez toujours en retard. Quand elle vous voyait arriver sur votre vélo, elle marmonnait : "Tiens, la voilà enfin, la bourrique !" Vraiment, vous ne devriez pas avoir de peine. »

À partir de là, la factrice n'a plus parlé. Elle m'a tendu le courrier et m'a fait signer l'avis de réception, après quoi elle a grimpé sur son vélo et s'en est allée.

J'ai déchiré l'enveloppe. Elle contenait un nouveau chéquier que Maman avait commandé avant de déserter la maison. J'allais le mettre dans le sac avec le reste des affaires à jeter, puis je me suis ravisé : à défaut de servir à sa propriétaire, ce chéquier pourrait m'être utile.

Un peu plus tard, en regardant par la fenêtre du salon, j'ai aperçu une petite femme légèrement bossue qui avançait difficilement dans la rue. Elle devait avoir entre soixante et soixante-dix ans. Mon cœur a fait un bond. Pendant un instant, j'ai cru assister au retour de Maman. Avant-hier encore, j'en aurais tiré un soulagement indicible, mais à la vue de cette vieillarde, la panique m'a terrassé. Maman avait attendu que je prenne goût à son absence, que j'apprivoise ma solitude ; elle m'avait vu me pavaner dans la rue la veille, le sourire aux lèvres, quand je rentrais du jardin public avec le journal sous le bras ; et aujourd'hui, elle reparaissait pour détruire le bonheur que j'avais commencé à bâtir sans elle.

« Non ! me suis-je écrié. Maman ne reviendra pas dans cette maison ! »

Je me suis précipité sur la porte d'entrée et l'ai verrouillée à double tour. La vieille femme arrivait au niveau du portail. Je l'observais, caché derrière le rideau du salon, mes mâchoires crispées et mes ongles écorchant la peau de mon cou. Je tremblais à l'idée de voir Maman dégainer sa clef et s'engager dans l'allée menant au perron. Mais la petite vieille a dépassé le portail sans même y jeter un regard. Je m'étais inquiété sans fondement. Ce n'était pas Maman.

Mon soulagement était sans commune mesure. J'aurais pu sourire de ma bêtise, mais je n'avais pas le cœur à plaisanter. Cette anecdote, si risible soit-elle, m'avait fait prendre conscience d'une chose : la plénitude à laquelle je goûtais ne tenait à presque rien. Il aurait suffi que Maman apparaisse sur le pas de la porte pour que ma tranquillité s'effondre.

Il ne m'en a pas fallu davantage pour me décider : la minute suivante, je parcourais l'annuaire à la recherche des coordonnées d'un serrurier. J'ai pris le premier numéro venu et l'ai composé hâtivement. L'artisan a décroché. Je lui ai demandé s'il pouvait passer chez moi tout de suite. Il a répondu que son emploi du temps était très chargé et qu'il n'avait pas de disponibilité avant le surlendemain. Je lui ai promis un pourboire alléchant s'il daignait se déplacer dans la journée. La somme que je lui proposais était généreuse et son choix fut vite fait : il viendrait dans l'après-midi.

À son arrivée, je l'ai salué chaleureusement et l'ai couvert de remerciements, lui répétant à plusieurs reprises qu'il était un brave homme. Visiblement amusé, il s'est enquis de la raison qui me poussait à changer mes serrures si promptement.

« Entre nous, a-t-il fait, c'est à cause d'une femme, pas vrai ? Une ex-femme, je parie. »

N'ayant pas envie de m'étendre sur le sujet, je me suis contenté d'acquiescer vaguement.

« Ah ! ah ! J'en aurais mis ma main au feu ! Mais vous avez raison, mieux vaut se prémunir contre d'éventuelles représailles. Les femmes peuvent se montrer vicieuses quand il s'agit d'amour. Vous l'avez quittée, ou bien c'est elle qui est partie ? »

J'ai haussé les épaules, lui laissant la liberté de se forger le scénario qui lui plaisait le plus.

« Hum... a fait le serrurier. Ce n'est jamais simple, ces histoires-là. Enfin, ne vous en faites pas, je m'en occupe. Vous n'aurez plus à craindre les venues intempestives de madame. »

Il est retourné chercher ses outils dans sa camionnette et en un tournemain, le portail du jardin ainsi que la porte d'entrée arboraient des serrures flambant neuves qui juraient avec le reste de l'installation.

Lorsqu'il m'a remis les nouvelles clefs, un soulagement intense m'a envahi. J'étais si satisfait que j'ai proposé à l'artisan de boire un café en ma compagnie. Il avait beaucoup à faire, mais il a tout de même accepté l'invitation.

« Dix minutes, pas plus », a-t-il précisé.

Nous nous sommes installés à la table de la cuisine. Pendant que je préparais le café, son regard balayait la pièce. Aussitôt que je lui ai servi sa tasse, il a pris une gorgée. Un court silence a suivi, puis il a constaté gravement :

« Une maison sans femme, ça doit vous faire vide. »

J'ai objecté que cela m'était égal et que parfois, on était mieux seul. Il a approuvé.

« Combien d'années de votre vie a-t-elle partagées ?

— Nous avons toujours vécu ensemble, ai-je confessé.

— Oui, oui, je comprends... Il arrive un stade où l'on arrête de compter les années. Ça nous donne l'impression de n'avoir jamais vécu l'un sans l'autre. C'est aussi ce que j'ai ressenti quand ma femme m'a quitté. Trente ans de mariage, rendez-vous compte ! Tout ça pour un gigolo qu'elle a déniché je ne sais où. Enfin, c'est la vie, comme dirait l'autre. »

À ce moment, j'ai dû lui sembler triste. En réalité, j'étais juste pensif, mais on a souvent l'air mélancolique quand on pense. Le serrurier, qui n'était pas un mauvais bougre, a dû s'imaginer que j'avais besoin de parler. Il a continué sur sa lancée en s'appliquant à trouver les mots justes.

« Elle était belle ? », a-t-il bredouillé.

Un peu las, j'ai répondu qu'il était inutile de s'attarder sur les histoires révolues ; qu'il valait mieux se consacrer à celles du présent. Je préférais ainsi me concentrer sur la femme que je fréquentais désormais. Or, celle-ci était indéniablement jolie.

« Ah ! s'est écrié l'artisan victorieusement (car il pensait que je cédais enfin à sa curiosité). C'est donc ça ! Une deuxième femme s'en est mêlée ! Bien sûr, la première n'aura pas mis longtemps à le savoir. Elles ne sont pas dupes quand il s'agit d'amour, ça non ! Elles repèrent une rivale à des kilomètres. Et une fois qu'elles l'ont flairée, il n'y a plus grand-chose à faire. Rien ne peut les arrêter. »

Il a marqué une pause pour reprendre de plus belle :

« Savez-vous ce qu'il y a de plus dangereux qu'une femme jalouse ? »

Puisque la question m'y obligeait, j'ai fait « non » de la tête.

« Une femme vaincue ! La femme jalouse a encore une chance de gagner la partie. Elle est ex aequo avec son adversaire. Elle a perdu une bataille, mais pas la guerre. Mais lorsqu'elle réalise que sa rivale la surpasse en matière de beauté, de charme ou d'intelligence, elle sait qu'il n'y a plus d'espoir. C'est là qu'elle passe de jalouse à vaincue. Elle devient alors une tueuse impitoyable et sans limites. Une armée d'hommes à côté d'elle n'est rien, vous pouvez me croire. Retenez bien que la puissance d'une femme se mesure lors de ses défaites. Dites-m'en plus sur cette personne que vous fréquentez.

— Elle a lu tout Freud, ai-je lancé sans conviction.

— Ah ! Une savante... Belle et cultivée... Ma foi, vous avez du pot que votre ex-conjointe ne l'ait pas assassinée. Je dis ça, je ne dis rien. »

D'une seule traite, il a vidé sa tasse de café et s'est levé. Après lui avoir remis la somme promise (j'avais bien fait de conserver le nouveau carnet de chèques de Maman !), je l'ai encore remercié d'être passé et l'ai raccompagné à sa camionnette.

En refermant la porte d'entrée derrière moi, j'ai recouvré le calme et l'assurance que j'avais mis de côté quelques heures plus tôt. J'ai tourné la clef dans la serrure. Cette maison serait dorénavant une forteresse que Maman ne saurait violer, quels que soient ses efforts et sa rage, si elle s'avisait de revenir.

3

Mercredi

Un jour, je devrai mourir.

Je ne voudrais pas paraître pessimiste ; juste lucide. Depuis le début de la semaine, j'ai mis de côté mon fatalisme, car il ne me mènera nulle part. Être fataliste, c'est avoir conscience de sa mort inéluctable, prendre la mesure de sa misérable condition et s'en attrister. Être réaliste, c'est la même chose, sans la tristesse. Cela me convient mieux. Rien ne sert de se lamenter sur quelque chose qui, de toute façon, surviendra tôt ou tard. C'est ainsi que je me proclame réaliste.

C'est donc sans amertume que j'ai établi ce constat en m'éveillant ce matin : un jour, je devrai mourir. Mais avant d'en arriver là, je devrai vivre. Cette existence avait beau être absurde, ignoble, humiliante, j'étais bien décidé à lui faire un pied de nez en jouissant d'elle de façon outrancière et exhaustive. Ce monde était le mien et j'allais le modeler à mon image sans m'imposer la moindre restriction, car les limites ne m'intéressent pas. Tel est l'objectif que je me suis fixé à l'aube de ce jour nouveau.

J'ai attrapé le téléphone dans la foulée. Je n'avais pas le temps d'attendre. J'ai composé le numéro d'Eugénie, qui était en congé aujourd'hui. J'avais envie de la voir : tout mon être la réclamait. Sa voix a résonné dans le haut-parleur. Je lui ai demandé si je pouvais faire un saut chez elle. Je m'étais préparé à un grand enthousiasme, au lieu de quoi Eugénie a laissé planer un silence, avant de répondre sur un ton ironique :

« Ta mère est d'accord pour que l'on continue de se voir ? »

J'ai expliqué à Eugénie – non pas sans fierté – que j'avais suivi ses conseils et que, depuis dimanche, j'étais devenu Dieu. Elle a ri d'un rire un peu moqueur mais empreint de tendresse.

« Dans ce cas, c'est parfait, a-t-elle conclu. Passe chez moi après le déjeuner. »

Je souriais niaisement en raccrochant. Mon bas-ventre recommençait à gronder de plaisir.

4

Nuit de mercredi à jeudi

Je reviens de chez Eugénie. J'ignore l'heure qu'il peut être. Il fait nuit. Est-ce un cauchemar ou la réalité ? Probablement les deux à la fois : cette réalité est un cauchemar. Tout avait pourtant si bien commencé ! Il me faut rassembler mes esprits et reprendre depuis le commencement.

Eugénie m'a ouvert la porte de son appartement en début d'après-midi. Elle était radieuse. Je l'ai prise dans mes bras et l'ai embrassée, ce qui l'a surprise. Par cette étreinte, je lui dévoilais enfin mes sentiments, sans concession. Il n'était plus question de me restreindre. Je n'avais que faire des conventions, de la pudeur et de la galanterie. Eugénie ne s'en plaignait pas. Mon impertinence lui plaisait.

Nous sommes restés enlacés longtemps. Tandis que la porte était restée entrouverte derrière nous, le voisin de palier est rentré chez lui. Je m'en fichais. Il pouvait bien aller au diable, celui-là ! Moi, j'étais heureux. Ce que je n'aurais pas donné pour que ce plaisir dure éternellement !

Après que nos lèvres se sont décollées, Eugénie m'a susurré qu'elle m'aimait. Je lui ai retourné les mêmes mots. M'entendre dire « je t'aime » m'a paru extraordinaire. Je ne me reconnaissais pas. Pendant un court instant, j'ai eu l'illusion de m'être dédoublé. Les paroles qui s'échappaient de ma bouche ne me ressemblaient pas, ni ma voix, comme si un autre avait investi mon corps et qu'il s'exprimait à ma place. C'était pourtant bien moi qui parlais. J'étais un homme nouveau, un homme à part entière, un homme libre d'aimer et de le dire.

Eugénie et moi avons discuté sans répit jusqu'au soir de sujets aussi variés que dérisoires. Nous tirions de ce bavardage un plaisir infini. Nous parlions un peu de tout et beaucoup de rien. Cette superficialité nous plaisait. La conversation n'avait pas d'autre but qu'elle-même et nous n'avions pas besoin de réfléchir. C'était formidable.

En fin de soirée, n'y tenant plus, j'ai sauté au cou d'Eugénie et l'ai embrassée cent fois plus fort qu'à mon arrivée. Elle riait aux éclats et m'implorait d'arrêter, mais je savais qu'en son for intérieur, elle me suppliait de continuer.

L'instant d'après, nos vêtements tombaient. J'exultais en pensant au plaisir qui se profilait : ce plaisir, certes bref mais inouï que m'avait fait découvrir cette même femme dernièrement. Ce soir, c'était sans scrupule ni modération que je m'adonnais à cette communion délicieuse. Je cheminais vers l'extase finale, vers cette fraction de seconde durant laquelle la jouissance fait de l'homme un dieu invincible.

Il n'y a pas deux heures que ces événements ont eu lieu, mais c'est avec nostalgie que je me les remémore, car ce bonheur est déjà loin. Tout a basculé alors que nous arrivions au terme de nos ébats. À ce moment, j'ai remarqué un détail qui m'avait échappé jusqu'alors : au sommet du crâne d'Eugénie, un cheveu tout à fait blanc, de la racine à la pointe.

J'ai marqué un arrêt. Eugénie m'a demandé si tout allait bien. J'ai laissé sa question en suspens. Je contemplais froidement ce cheveu dépigmenté. Il était solitaire et à peine visible, car très fin – insignifiant, en somme. Et cependant, je ne voyais plus que lui.

À l'instar de l'arbre qui cache la forêt, cet unique cheveu décoloré effaçait tous les autres. Il annonçait sans détour que l'intégralité de cette crinière connaîtrait le même sort, tôt ou tard. Mais les dommages qu'il présageait s'étendaient bien au-delà de la chevelure d'Eugénie, car son visage, lui aussi, se parerait prochainement des premiers signes de l'âge. Comme moi, ma compagne avait trente-trois ans, mais demain, elle en aurait trente de plus. Ses joues tomberaient disgracieusement, des rides creuseraient la largeur de son front, ses pupilles perdraient leur éclat… En d'autres termes, Eugénie ressemblerait bientôt à Maman.

Maman.

J'ai été comme frappé par la foudre. Ce cheveu blanc qui trônait victorieusement au sommet de la tête d'Eugénie, *c'était* Maman. Cette dernière s'était incarnée dans ce cheveu dans l'unique but de me nuire. Tandis que ma jouissance atteignait son apogée, Maman était venue l'entraver et me priver de ce plaisir.

Quand Eugénie m'a redemandé si j'allais bien, son timbre de voix et son visage me sont apparus comme ceux de Maman. Eugénie n'était plus Eugénie ; j'étais en train de me livrer à ma mère, corps et âme.

Tout est parti de cette pensée saugrenue. Dès lors, je ne voyais plus que Maman. Je ne saurais expliquer comment une telle illusion a pu me tromper. C'était à croire qu'un démon m'habitait. Un démon capable de me faire voir tout ce qui lui plaisait. Et ce qu'il me montrait paraissait cruellement réel : ma mère se trouvait là, juste en dessous de moi, en chair, en os, et sans habits.

Une rage démentielle s'est emparée de moi. J'ai pleuré, crié, insulté Maman à haute voix. Je la haïssais et le lui ai dit, en usant des pires noms d'oiseaux qui me venaient. Ma colère ne se tarissait pas pour autant. Les infamies que j'aboyais ne suffisaient pas à l'exorciser. J'ai pensé que seule l'action pourrait m'apporter un soulagement. Je devais faire taire Maman une bonne fois pour toutes.

Mes mains se sont posées sur sa gorge et se sont resserrées autour d'elle. Déjà, ma fureur s'étiolait. Les paupières closes, je continuais à déverser sur Maman les propos les plus abjects, tandis que j'exerçais sur sa trachée une pression croissante. Il s'est passé un certain temps avant que je ne remarque que quelque chose ne collait pas. Le cou que je serrais était lisse et délicat au toucher. Il était aussi fin qu'allongé, si bien que deux mains suffisaient amplement à l'entourer. Ce n'était pas la gorge de Maman qui palpitait sous mes doigts.

J'ai rouvert les yeux. Eugénie suffoquait. Les veines de ses tempes ressortaient et son visage avait bleui.

Je suis revenu à moi. Mes mains se sont desserrées. Eugénie s'est redressée en prenant de profondes inspirations entrecoupées de toussotements. Elle larmoyait et avait du mal à parler. D'une voix fragile et tremblante, elle m'a ordonné de partir sur-le-champ, en m'avertissant que j'avais tout intérêt à ne plus *jamais* recroiser sa route. Je ne me suis pas fait prier et ai renfilé mes vêtements.

Il faisait déjà sombre dehors. J'ai couru jusqu'à la maison, dans la crainte que le voisin d'Eugénie ait entendu mon accès de folie. J'avais failli tuer cette femme. Je ne peux même pas dire que j'en ressentais de la honte ; juste un hébétement total. Je ne réalisais pas ce qui venait de se produire. J'étais incapable de réfléchir. Tout ce que je savais, c'était que jamais plus je ne reverrais Eugénie. Cette dernière venait de me glisser entre les doigts. Elle avait fait de moi un dieu quelques jours auparavant et voilà qu'à présent, j'en étais réduit à filer le long d'un trottoir, le nez enfoncé dans le col de mon manteau pour ne pas être reconnu. Je n'étais plus un dieu, mais un pauvre diable, ou moins que ça : une ombre ! Un rat ! L'ombre d'un rat !

Je me suis barricadé chez moi. Dans un premier temps, je suis resté derrière la porte, dans l'angoisse que quelqu'un vienne frapper ou qu'une sirène retentisse dans le quartier. Au bout d'une demi-heure, je me suis apaisé : si la police avait été avertie de mes agissements, elle se serait déjà présentée à moi.

Je me suis étalé sur le canapé et j'ai pleuré. Comment avais-je pu me montrer si odieux et stupide ? Comment avais-je pu gâcher un si beau moment pour un vulgaire cheveu blanc, quelque disgracieux qu'il fût ?

La réponse à ces questions ne fait pas de mystère : Maman me hante. Elle ne m'a, de fait, jamais vraiment quitté. Cette énergie consacrée à effacer sa présence, ces efforts visant à lui barrer l'accès à la maison, tout cela était voué à l'échec puisqu'en vérité, Maman était déjà en moi. Pour tout dire, elle n'a jamais été aussi présente que depuis son départ. Elle est ici, nichée dans un coin de ma tête, prête à resurgir à la moindre occasion. C'est elle, le démon qui m'habite.

En s'incarnant dans ce satané cheveu ce soir, elle a manqué de me faire commettre l'irréparable. À défaut de tuer Eugénie, elle est parvenue à m'en éloigner. C'est là sa première victoire et je puis assurer qu'elle dévorera chacun de mes plaisirs futurs avec autant d'appétit. En tout temps et en tout lieu, il y aura cet infime détail par lequel Maman se manifestera pour saboter mon bien-être. Ma seule chance de la faire taire serait de renoncer purement et simplement au bonheur. Dans ce cas, elle n'aurait plus de joie à troubler. Mais quel homme voudrait de cette vie-là ?

Il n'est plus l'heure de philosopher. Me voilà de nouveau las de tout. Je ne veux plus penser. Si seulement je pouvais m'endormir, là, maintenant, afin d'échapper à cette réalité glaçante !

Il fait encore froid dans cette fichue maison. A-t-on froid dans les rêves ? Non. Au pays des songes, la question de la température cesse d'être pertinente, car on ne la ressent plus. Voilà une raison supplémentaire de m'y rendre. Mais comment pourrais-je, après de tels événements, m'abandonner au sommeil ?

5

Jeudi

La fatigue a finalement eu raison de moi. Pas pour longtemps, certes : trois ou quatre heures à peine. Mais étant donné ma mésaventure d'hier soir, je m'estime chanceux d'avoir pu trouver un peu de repos.

J'ai consulté le calendrier. Nous étions jeudi. Le Dr Adam m'attendrait à son cabinet en fin de matinée. Il va sans dire que je n'avais aucune volonté de m'y rendre. L'incident de la veille m'avait passé l'envie de me pavaner dans la rue. Il ne s'agissait plus d'attirer l'attention sur moi, mais de me faire aussi petit que possible. J'étais par ailleurs trop épuisé pour me traîner jusqu'au cabinet du psychiatre.

Je lui ai donc téléphoné à la première heure et lui ai expliqué que j'étais souffrant. C'était la première fois que je me désistais ; aussi ne m'en a-t-il pas tenu rigueur. Un autre rendez-vous était disponible pour le surlendemain. J'ai accepté et l'ai remercié.

Les heures suivantes m'ont vu végéter, enfoncé dans le canapé. Je tournais en rond tout en étant assis. Le pessimisme que j'avais renié quelques jours plus tôt reprenait le dessus. J'ai regretté ces instants de liberté absolue auxquels j'avais goûté du bout des lèvres. J'aurais aimé rétablir cette existence que rien n'entravait, et dont l'unique règle consistait à vivre au gré de mes envies. Mais entre-temps, j'avais failli tuer une femme, et cela changeait la donne. Désormais, je ne pouvais plus sortir de chez moi sans craindre de croiser Eugénie au premier coin de rue. Si je la rencontrais, elle se dirait que je la suis, s'empresserait de me dénoncer aux autorités, et l'on viendrait frapper à ma porte dans la demi-heure pour m'interpeller, me juger et m'envoyer en prison.

Je n'avais pas d'autre choix que de rester cloîtré dans cette maison. Mon règne était révolu. Ma toute-puissance avait été éphémère; elle se cognait désormais contre les quatre murs de ce salon miteux. Ma liberté, cette illusion, n'avait pas duré plus de trois jours. Mes envies de grandeur m'avaient fait défaut.

J'avais voulu devenir quelqu'un. Eugénie était à l'origine de ce pari risqué: c'était elle qui m'avait poussé à « être Dieu ». Je l'avais bêtement écoutée, comme si le pauvre énergumène que je suis pouvait s'improviser Dieu du jour au lendemain. Je m'étais surestimé. Je n'étais cependant qu'un homme misérable, tout ce qu'il y a de plus bas, antithèse absolue du divin, incapable de survivre sans sa mère et condamné à vivre à travers elle. J'étais naïf au point de croire que j'arriverais à composer sans Maman. La vérité, c'est que je ne sais pas exister par moi-même. On ne me l'a jamais appris. L'existence, cela ne s'improvise pas.

Dans mon élan de vanité, j'avais également cherché à me débarrasser de mon père. Son portrait, je l'avais jeté dans un sac, avec les affaires de Maman. Ce faisant, j'avais voulu oublier trois décennies passées à idéaliser cet homme, à le magnifier et à caresser l'espoir de le rencontrer ; j'avais tenté d'effacer toutes ces années sur un coup de tête, sous prétexte que j'aspirais à devenir Dieu et que Dieu n'avait pas besoin de père, puisqu'il *était* le Père.

Aurais-je vraiment pu faire table rase ? Non. C'était un mensonge que je m'étais raconté pour ne pas affronter une réalité qui me torture depuis longtemps : mon père m'a abandonné. Et quoi que je fasse, je conserverai toujours au fond de moi cet espoir qu'un homme m'avoue un jour : « Tu es mon fils. » À l'heure actuelle, je ne connais qu'une seule personne susceptible de prononcer cette phrase : le Dr Adam.

Je ne le lui ai pas précisé lors de mon appel de ce matin, mais notre rendez-vous de samedi sera le dernier. Maman n'étant plus là, l'avenir de mes entrevues avec le psychiatre est entre mes mains. Or, j'ai choisi d'y mettre un terme. J'aurais pu ne pas me rendre à son cabinet aujourd'hui sans l'en avertir et ne plus jamais y retourner par la suite, mais je dois le revoir une dernière fois, sans quoi je conserverai jusqu'à la fin de ma vie un goût d'inachevé. J'ai besoin de savoir.

En milieu de matinée, j'ai ouvert le secrétaire de Maman et en ai sorti du papier à lettres. Sur une feuille, j'ai inscrit une phrase : « Êtes-vous l'homme sur ce portrait ? » Je n'ai pas signé. Le message devait rester anonyme. J'ai plié la feuille et l'ai glissée avec la photographie de mon père dans une enveloppe adressée à « Monsieur Bernard Adam ». D'ici notre rendez-vous, il aura reçu ce courrier.

J'aurais pu lui remettre la photographie en mains propres le jour de notre séance et lui soumettre ma question de vive voix, mais ç'aurait été risqué : si le psychiatre n'était pas mon père, je me serais encore couvert de ridicule.

En envoyant une lettre, je ne cours pas ce risque. Si le docteur n'est pas l'homme du portrait, alors rien ne se passera et il ne saura pas qui lui a adressé ce courrier. À l'inverse, s'il est bien l'homme photographié, il devinera d'emblée que j'en suis l'expéditeur, car il se souviendra que le cliché a appartenu à ma mère. Il n'aura dès lors plus d'autre choix que de m'avouer la vérité sur nos liens familiaux. Que tirerais-je d'une telle confession ? Pas grand-chose. Mais au moins mon rêve d'enfant serait-il réalisé. Je saurais avec certitude que cet homme est mon père, et cette vérité se suffirait à elle-même.

Il me restait à envoyer ma lettre. Le bureau de poste est assez éloigné de la maison et l'idée de m'y rendre à la vue de tous n'était pas pour me plaire. Il me fallait trouver un moyen d'expédier mon courrier sans sortir de chez moi.

Je me suis positionné derrière le portail de la cour vers onze heures. La factrice n'allait pas tarder. Lorsqu'elle est passée à vélo, je l'ai interceptée en prétextant un mal de dos fulgurant qui m'empêchait de marcher correctement. Je souffrais terriblement. Accepterait-elle exceptionnellement de poster cette lettre pour moi ? Je lui ai tendu l'enveloppe ainsi qu'un gros billet. Elle les a attrapés et s'en est allée en me souhaitant une bonne journée.

Il ne me reste plus qu'à patienter jusqu'à samedi. Dans moins de quarante-huit heures, je serai fixé sur le compte du Dr Adam. Cette perspective jette un peu de lumière sur cette sombre journée. Cet ultime rendez-vous, je l'attends avec une hâte mêlée d'appréhension. Tant que je suis dans l'attente de quelque chose, tant que j'ai un but, je ne peux totalement sombrer dans l'angoisse. Mais après ce rendez-vous, que me restera-t-il à attendre et à espérer ? J'aime autant ne pas trop y songer.

Cette peur du vide, encore et toujours.

6

Vendredi

Un ciel bleu : voilà la pire chose qui soit. Je parle ici de ce ciel immaculé que je contemple à travers la vitre, en ce moment même. Mon regard s'y perd. Mes yeux ne peuvent se poser sur rien. Pas un nuage. Juste ce bleu odieux et narquois.

Un ciel nuageux, c'est insensé, mais encore tolérable ; un ciel vierge, c'est inadmissible. Tout ce bleu, ça ne veut rien dire. On ne peut pas accepter une chose pareille.

Certains appellent cela « l'immensité ». Ils prétendent que c'est un avant-goût de l'infini, une promesse d'éternité. Menteurs ! Pour moi, ce n'est guère qu'un néant absurde, exaspérant, abominable. C'est un couvercle qui m'enferme dans la finitude ; un dôme de verre qui me laisse entrevoir un espace incommensurable, mais auquel je me cogne ; une fenêtre derrière laquelle on a fixé des barreaux. Une très vaste supercherie, en somme.

Le ciel bleu est un ciel d'athée : il prive l'Homme d'espoir et de repères. Il est sans Père.

La foi, cela requiert au moins un nuage auquel on peut se raccrocher lorsqu'on lève les yeux. On ne peut pas fonder une croyance sur du vide. Or, pour la première fois de ma vie, je veux être croyant.

Alors, je prie pour que surgisse, demain, un nuage au milieu de mon ciel.

7

Samedi

Samedi après-midi.

Fin de cavale.

Toutes les bonnes choses ont une fin. Toutes les mauvaises aussi.

Et dans quelques heures, je serai mort.

J'ai d'ores et déjà choisi l'arme qui m'ôtera la vie et le lieu où je rendrai l'âme. Je suis installé au bureau de ma chambre, déterminé à conclure le récit de cette existence que j'ai voulue longue et sereine, mais qui aura été tout l'inverse. J'ai pleinement conscience de cette mort qui m'attend ; je m'y suis résigné et ne lutterai pas contre mon destin.

Comment trouver la force d'écrire quand le néant s'apprête à nous avaler ? Telle est la question que l'on pourrait se poser en lisant les lignes qui vont suivre. Celui qui se plaît à vivre s'étonnera que l'on puisse garder son sang-froid et faire preuve de lucidité dans un moment si crucial. Seulement, moi, je ne tiens plus à la vie. Pourquoi tremblerais-je donc devant la mort, dont le rôle est de m'en libérer ?

J'avais un mauvais pressentiment en me rendant chez le Dr Adam. Il n'y avait que moi dans la salle d'attente. Je devais être son dernier patient de la matinée. Mes paumes étaient moites et mon cœur battait à tout rompre. D'une minute à l'autre, mon père allait se dévoiler à moi. Depuis l'avant-veille, je n'avais fait qu'espérer ce dénouement. S'il m'était donné la joie d'avoir un père, alors ma vie retrouverait un semblant d'intérêt, et ce malgré mes tourments.

Il se pouvait aussi que je demeure orphelin à la sortie de ce rendez-vous. Dans la circonstance, qu'adviendrait-il de moi ? Je retournerais me terrer dans la vacuité de mon logis désert, tout simplement, car je n'aurais rien de mieux à faire. Et si, sur le chemin du retour, je rencontrais Eugénie et que celle-ci me dénonçait à la police, on me jetterait dans une cellule où je croupirais. Dans les deux cas, mon avenir s'annonçait misérable.

Le docteur est apparu et m'a invité à entrer dans la salle de consultation. Sa mine ne différait pas des autres jours. Ce n'était pas encourageant. J'ai d'abord cru qu'il attendait de refermer la porte pour m'avouer notre lien de parenté (précaution inutile, car nous étions seuls dans le cabinet).

Nous avons pris nos places respectives. J'ai inspecté le bureau qui me séparait du psychiatre. Mon enveloppe s'y trouvait : elle était ouverte et un coin de la photographie en dépassait. Le Dr Adam avait pris connaissance de ma lettre, mais ne semblait pas enclin à aborder le sujet. Manifestement, il n'avait pas deviné que c'était moi qui lui avais envoyé le courrier. M'étais-je donc trompé sur toute la ligne ? Ma seule chance de retrouver mon père était en train de me filer entre les doigts.

Le docteur a fini par desserrer les lèvres. J'ai tremblé.

« Votre mère est-elle revenue ? »

Voilà les mots qu'il a prononcés ; ceux qui ont anéanti mes espoirs. Le Dr Adam n'était pas mon père. Mon existence n'avait plus aucun intérêt. C'en était fini. J'ai fondu en larmes.

Le psychiatre a dû penser que je pleurais Maman. Il a répété sa question. Je lui ai répondu que non, Maman n'était pas revenue. Il a repris :

« Avez-vous fait des rêves, depuis ? »

Je n'étais pas disposé à parler ni même à réfléchir, mais il a insisté. En séchant mes larmes, j'ai relaté le rêve de la semaine passée. J'ai dépeint la pièce aux murs couverts de tiroirs, la façon dont le docteur lui-même avait surgi pour m'ordonner de les ouvrir et la photographie de mon père que j'avais trouvée dans chacun d'entre eux. Le Dr Adam écoutait attentivement.

« Des centaines de tiroirs contenant chacun le portrait de votre père, dites-vous ? »

J'ai acquiescé, tout en réalisant qu'il allait faire le lien entre la photographie de mon rêve et celle qui reposait sur son bureau. Peut-être a-t-il compris à cet instant que j'en étais l'expéditeur. Si tel est le cas, il n'a rien laissé paraître et a poursuivi :

« Et ces tiroirs, précisez-vous, étaient tous identiques. Aviez-vous déjà rencontré un tiroir similaire, auparavant ? »

Cette question, je me l'étais posée après avoir fait le rêve. Il m'avait en effet semblé que ce modèle de tiroir m'était familier, mais je ne pouvais pas dire où je l'avais vu.

Le docteur m'a prié de bien réfléchir, de passer en revue tous les tiroirs de mon domicile, au cas où l'un d'entre eux correspondrait à celui de mon rêve. J'étais à peu près certain que ce n'était pas le cas. J'avais retourné tous les tiroirs de la maison récemment et aucun d'entre eux ne s'apparentait à celui vu en songe. J'ai réfléchi encore, car le psychiatre avait décidé de ne plus parler tant que je n'avais pas trouvé la réponse à sa question.

D'un coup, une évidence m'a frappé : je n'avais pas inspecté *tous* les tiroirs de la maison, m'étant limité à ceux du rez-de-chaussée. Depuis la disparition de Maman, je n'avais pas même emprunté l'escalier. Or, ce tiroir dont j'avais rêvé, c'était au premier étage qu'il se trouvait : depuis trente-trois ans, je le voyais au réveil et au coucher. Ce tiroir, c'était celui de ma table de chevet. Je l'ai dit au docteur.

« Monsieur Sommer, a-t-il fait sur un ton grave, ai-je raison de penser que vous m'avez déjà parlé de ce tiroir par le passé ? »

Cette question m'a d'abord étonné. Je ne voyais pas à quelle occasion j'aurais pu mentionner une vulgaire table de chevet à mon psychiatre. Après réflexion, je me suis ravisé : je l'avais effectivement évoquée lors d'une séance. Ce jour-là, j'avais parlé au docteur du cauchemar récurrent que je faisais étant enfant, et qui avait cessé de me tourmenter quand j'avais placé le couteau suisse dans le tiroir proche de mon lit. La présence de cet objet, lui avais-je expliqué, me rassurait : si l'océan revenait hanter mes nuits, j'attraperais mon arme et fendrais ses flots. Cette histoire avait dû marquer le Dr Adam, puisqu'il s'en souvenait encore après plusieurs mois.

« Oui, ai-je reconnu. Vous avez raison. C'est dans ce tiroir qu'est rangé mon couteau suisse.

— Votre couteau suisse, c'est cela... a-t-il répété pensivement. Toujours est-il que dans votre rêve, ce n'est pas ce couteau, mais un portrait de votre père que vous découvrez dans les tiroirs. »

Il attendait une déduction de ma part, mais rien ne me venait.

« Qu'il s'agisse de la photographie ou du couteau, a-t-il expliqué, ces deux objets renvoient à votre père. On peut donc raisonnablement supposer qu'ils ont été intervertis. C'est ainsi que fonctionnent les rêves : ils ont cette fâcheuse tendance à montrer une chose pour en signifier une autre. Dès lors, une photographie peut se substituer à un couteau, à condition qu'ils soient tous deux porteurs d'une symbolique commune. Il semblerait que ce soit le cas ici. Une telle inversion n'est pas dénuée de sens pour autant : si le rêve remplace un objet par son équivalent, c'est qu'il a une bonne raison de le faire. Admettons que votre inconscient ait opéré un échange de ce genre. On serait en droit de s'interroger : pourquoi a-t-il décidé de vous cacher ce couteau et de vous montrer une photographie à la place ? »

Le ton du docteur se faisait de plus en plus inquisiteur et je me demandais où cet échange allait aboutir. Cette histoire, en plus d'être saugrenue, était de mauvais augure.

Le psychiatre me scrutait.

« Monsieur Sommer, a-t-il articulé, réfléchissez. Qu'y a-t-il d'insoutenable dans ce couteau, au point que votre inconscient l'a occulté et remplacé par un autre objet ? »

Je n'en avais pas la moindre idée.

« Quand avez-vous vu ce couteau pour la dernière fois ? a insisté le docteur.

— Je ne m'en souviens pas.

— Et pourtant, la tasse s'est brisée. »

Il va sans dire que cette phrase m'a laissé perplexe. Quelle était encore cette affaire de tasse ? En réponse à mon scepticisme, le docteur a développé :

« La dernière fois que vous avez vu votre mère, la tasse qui se trouvait sur votre table de chevet s'est brisée sur le plancher, après quoi vous avez entendu votre mère crier. Si je ne m'abuse, le bris de ladite tasse et le cri constituent vos derniers souvenirs précédant la disparition. Vous vous êtes ensuite réveillé dans le salon deux heures plus tard. Êtes-vous retourné dans votre chambre depuis ? »

Non, je n'y étais pas retourné. Oui, je me rappelais le bruit que la tasse avait produit en se fracassant sur le sol, et le cri strident qui avait suivi. Oui, c'étaient là mes derniers souvenirs d'avant la disparition. Que devais-je en déduire ?

Soudain, je me suis souvenu. Un éclair de lucidité, une image, puis une autre, comme un film : ma main tirant violemment le tiroir, la table de chevet basculant, la tasse chutant, et Maman qui hurlait.

Mais pourquoi avais-je tiré le tiroir ? Il n'y avait guère que le couteau suisse de mon père dans cette table de chevet.

Le couteau suisse de mon père.

J'ai tressailli. La conclusion qui s'imposait dépassait mes plus sombres scénarios. Entre tous ceux que je m'étais forgés, celui-ci était le pire.

Le docteur a parlé, l'air soucieux :

« Monsieur Sommer, êtes-vous certain de ne pas savoir où se trouve votre mère ? »

Tout à coup, ses insinuations ont pris tout leur sens et j'ai compris où il voulait en venir. À partir de là, tout est allé très vite. Je n'ai, pour ainsi dire, pas eu le temps de réfléchir. Chacun de mes mouvements a été net et précis, dicté par l'instinct.

Je me suis levé, me suis emparé du presse-papiers en verre qui trônait sur le bureau (celui qui me rappelait la broche de Maman) et l'ai écrasé de toutes mes forces sur le crâne du docteur, qui ne s'est même pas défendu. Il n'a probablement pas compris ce qui lui arrivait. L'instant suivant, sa tête baignait dans une flaque pourpre qui formait une auréole tout autour. Mon enveloppe en était souillée. Le docteur était défiguré : on ne distinguait plus ses traits. Mais surtout, il était mort. J'avais tué un homme. J'ai alors pris la fuite, en bon lâche que j'étais.

J'ai rasé les murs des rues comme je l'avais fait mercredi soir en rentrant de chez Eugénie. Ce qui venait de se produire était abominable. Je me repassais la scène en boucle. J'étais sorti si vite de la salle de consultation que je n'avais pas pris la peine d'en refermer la porte. Dès qu'il pénétrerait dans la salle d'attente, le premier patient de l'après-midi apercevrait dans l'entrebâillement le psychiatre baigné de sang. Je m'en suis voulu d'infliger cette vision à quelqu'un qui n'avait rien demandé, mais il n'y avait plus de retour en arrière possible.

À chaque pas que je faisais, la raison de mon geste se brouillait. Pourquoi avais-je tué le Dr Adam ? Parce qu'il n'était pas – ou prétendait ne pas être – mon père ? Probablement. La frustration et le désespoir avaient fait de moi un assassin : je savais qu'au sortir de ce rendez-vous, je n'aurais plus rien à attendre ni à espérer. J'avais alors tué le docteur, signant du même coup mon propre arrêt de mort, car de toute évidence, je ne pourrais vivre avec un meurtre sur la conscience.

Autre chose encore m'avait poussé au crime : un désir de faire taire le docteur ; un besoin de le réduire au silence à un moment où ses propos devenaient insoutenables. « Êtes-vous certain de ne pas savoir où se trouve votre mère ? » Telles avaient été ses dernières paroles. Dès qu'il les avait prononcées, j'avais saisi leur portée : le docteur sous-entendait que j'avais pu tuer Maman. Une seconde plus tôt, j'en étais moi-même arrivé à cette hypothèse, aussi folle fût-elle.

Mais peut-être n'était-elle pas si folle si nous étions deux à l'avoir formulée. Était-ce donc possible ? Je n'avais pas voulu le croire. C'est pourquoi j'avais abattu l'instigateur du doute.

J'ai couru et suis arrivé à la maison, couvert de sueur et d'effroi. Je n'avais croisé personne sur ma route. Tout le monde devait être en train de déjeuner. Avec un peu de chance – à supposer que l'on puisse parler de « chance » à ce stade –, on ne m'avait pas vu sortir du cabinet et galoper jusque chez moi. Cela me laissait un peu de temps.

Après avoir repoussé la porte d'entrée, j'ai contemplé celle de la cage d'escalier, en face de moi. Je n'avais pas emprunté ces marches depuis la disparition de Maman. Pourquoi ? Parce que ça ne m'avait pas effleuré l'esprit. Parce qu'il avait fait trop froid pour dormir à l'étage et je n'avais donc pas eu besoin d'y monter.

Oui, il avait fait froid depuis que Maman était partie. Terriblement froid. Et pourtant, Eugénie avait jugé qu'il faisait bon, dimanche dernier. Le serrurier non plus ne s'était pas plaint de la basse température.

Saisi d'un doute, j'ai marché jusqu'au premier radiateur et ai apposé ma paume dessus.

Il était chaud.

J'ai vite retiré ma main comme si ce constat m'avait brûlé. La chaudière n'était pas en panne. Elle ne l'avait jamais été. Et cependant, il y avait près de deux semaines que je refusais de dormir dans ma chambre, sous prétexte qu'il était inconcevable d'y coucher sans chauffage. Je m'étais fait des idées. Il n'avait jamais fait froid ; moi seul m'étais convaincu du contraire.

Je suis retourné à la cage d'escalier et ai ouvert la porte anxieusement. Il faisait noir. L'endroit sentait le renfermé, et autre chose aussi. Après avoir pris une profonde inspiration, j'ai posé mon pied sur la première marche, dont le grincement m'a paru plus sinistre que d'habitude. J'ai grimpé le reste des marches à pas de loup pour faire le moins de bruit possible, comme si cela avait de l'importance.

Le palier du premier étage était tout aussi sombre, car le couloir conduisant aux chambres ne comporte pas de fenêtre. Seule une fine bande de lumière courait sur le plancher. Elle filtrait par l'entrebâillement d'une porte : celle de ma chambre. J'ai pris une nouvelle inspiration, plus profonde encore que la première, et, tout doucement, j'ai poussé la porte.

Mon bureau m'est apparu en premier, sur la gauche, puis mon lit, face à moi. Il régnait dans cette chambre un silence extraordinaire, absolu et inaltérable. L'air, en revanche, était chargé d'une odeur que je n'avais jamais sentie auparavant. C'était une odeur indescriptible, empreinte d'un je-ne-sais-quoi d'atroce qui prend aux tripes et marque un homme à vie. J'ai eu un haut-le-cœur.

Un détail a attiré mon attention, sur le sol à gauche de mon lit : une pantoufle. Elle était retournée et seule sa semelle était visible, mais je connaissais trop bien cette pantoufle pour ne pas la reconnaître au premier coup d'œil. J'ai fait quelques pas dans sa direction en gardant les yeux mi-clos, par peur de ce que j'allais découvrir. À mesure que j'avançais, mes yeux se plissaient davantage, si bien que je n'ai d'abord distingué qu'une silhouette vague gisant sur le plancher, tout près de la pantoufle.

Mes paupières se sont closes entièrement. Je n'arrivais plus à les décoller : elles étaient cousues l'une à l'autre. Je suis resté un instant blotti dans cette obscurité qui, je le pressentais, constituait mon dernier répit. Je m'apprêtais à affronter la vision qui sonnerait le glas de ma vie.

Puis mes yeux se sont rouverts et j'ai vu...

Une deuxième pantoufle, identique à la première, qui enveloppait un pied nu à la couleur effroyable.

Une cheville de la même teinte, plus haut, et un mollet pas moins affreux que je ne voyais qu'à demi, son autre moitié étant dissimulée sous l'épais tissu rose d'une robe de chambre.

Un ventre et une poitrine tous deux affreusement gonflés avec, juste en dessous de la poitrine, une large tache noire.

Au centre de cette tache, un couteau, dont seul le manche en bois était visible.

Enfin, au sommet de cet assemblage cauchemardesque, une tête. Un visage aux traits méconnaissables. Des cheveux ternes, sales, poussiéreux, que j'avais souvent brossés. Et, tout autour de cette tête, les éclats d'une tasse.

Maman.

Je n'ai pas crié, pas pleuré, pas tremblé. Je me tenais simplement là, debout, à contempler le corps sans vie. Aucune émotion ne subsistait en moi : le choc les avait toutes aspirées subitement. Une fois de plus, j'avais l'impression que la scène n'était pas réelle. Je me suis mordu la langue et pincé le bras jusqu'au sang, sans effet. Je ne rêvais pas. Un pincement, même très fort, n'allait rien y changer. On ne se débarrasse pas de la réalité aussi facilement.

J'avais tué Maman. Depuis le début, elle attendait ici, au cœur même de cette maison, dans le plus grand secret, et moi, je ne le savais pas, bien que cette mort fût de mon fait. À présent, tout me revenait et s'assemblait logiquement : ma main tirant sur le tiroir et empoignant le couteau suisse, le cri de Maman quand elle m'avait vu déployer la lame, et le coup fatidique qui l'avait plantée dans sa poitrine.

L'ai-je tuée volontairement ou était-ce accidentel ? Je ne suis plus sûr de rien, mais je crois que dans le cas d'un accident, mon geste n'aurait pas été aussi précis. Il est possible que j'aie vraiment voulu la mort de Maman dans un moment où l'angoisse et la colère annihilaient ma raison.

Ce geste, quoi qu'il en soit, je ne l'ai pas prémédité. Je ne prétends pas n'avoir jamais conspiré contre Maman, non ! J'avais bien cherché à la contrarier, ces dernières semaines. Moi qui m'étais toujours soumis à ses volontés, des plus simples aux plus extravagantes, j'avais éprouvé le besoin de me rebeller contre l'ordre établi. C'est ainsi que je l'avais privée de son petit chien en lui tendant discrètement l'os fatal. C'était également pour l'ennuyer, au fond, que je m'étais mis en quête d'un emploi. Et si l'idée de fréquenter Eugénie (pauvre Eugénie !) m'avait plu, c'était un peu pour défier Maman aussi.

Je suis entièrement responsable de ces peines. J'avais agi en connaissance de cause et étais bourreau de mon plein gré. Mais la mort de Maman, je le répète, n'a fait l'objet d'aucune préméditation.

J'ai tué Maman. Assis à mon bureau, je l'avoue du bout de ma plume, mais plus je l'écris et moins j'y crois. Il me suffit toutefois de me retourner pour en détenir la preuve formelle. Si Maman gît au sol avec un couteau dans le cœur, c'est à cause de moi. Jamais je n'aurais envisagé de coucher sur papier de pareilles confessions. Au contraire, j'avais toujours cru que ce serait Maman qui me tuerait à force de trop m'aimer. Combien de fois ai-je manqué d'étouffer dans ses bras ? Trop souvent !

Mais au bout du compte, c'est elle que ses baisers ont tuée, car c'est en esquivant une énième tendresse que je lui ai asséné le coup fatal.

Je ne cherche pas à me justifier ni même à me repentir. Dans mon cas, la rédemption n'est pas envisageable. J'ai tué par deux fois. D'abord une femme, ensuite un homme. La première était ma mère. Et le second, qui était-il ? Mon père ? Je ne le saurai jamais.

Cela n'a plus d'importance. Je m'en vais vers un lieu où il n'y a ni père, ni mère, ni autre chose que le néant – ce même néant qui m'a toujours tant effrayé. Aujourd'hui, cependant, je n'aspire plus qu'à plonger tout entier dans le vide et je prie pour qu'il n'y ait que lui, une fois le seuil de la mort franchi. Pourvu que l'on ne m'attende pas, Là-Haut ! Je suis trop las pour entamer une nouvelle vie et trop pécheur pour côtoyer les saints. Je laisse le Ciel à ceux qui aiment vivre. Pour ma part, j'en ai assez vu.

Dans un instant, si j'en ai la force (et je n'aurai pas d'autre choix que de la trouver), je récupérerai le couteau. En moins de temps qu'il ne faut pour le dire, le sang séché qui souille sa lame ira se mêler à mon propre sang et je m'effondrerai là, tout près de Maman.

J'entends une sirène résonner au loin. Ils arrivent. Dans une minute, des portières claqueront devant la maison, on cognera à la porte et, puisque je ne répondrai pas, on l'enfoncera.

La sirène se rapproche. Elle m'empêche de penser. Mon crâne est rempli de son chant atroce. Est-ce là encore une invention de mon esprit ? Je n'en sais rien. Mais après tout, peu m'importe que cette sirène soit ou non une hallucination, car il est l'heure pour moi de prendre la fuite ultime.

En mourant, je me poserai encore une question : à quoi aurait ressemblé ma vie si j'avais eu un père ?

Mais cela non plus, je ne le saurai jamais.

Épilogue

Le Dr Adam fut retrouvé mort dans son bureau à treize heures. Un résident du quartier décrivit avec précision le dernier patient ayant quitté son cabinet, un peu avant midi. L'individu en question fut rapidement identifié.

Les autorités frappèrent chez Mme Françoise Sommer et son fils aux alentours de quatorze heures. La porte n'était pas verrouillée. Deux hommes entrèrent, l'arme à la main, et demandèrent à plusieurs reprises s'il y avait quelqu'un dans la maison. Personne ne répondit. Ils inspectèrent chaque pièce du rez-de-chaussée, mais n'y trouvèrent rien d'intéressant. Ils montèrent à l'étage et poussèrent la seule porte entrouverte. La découverte qu'ils firent les horrifia. L'un pleura ; l'autre manqua de vomir.

Au sol, gisaient deux corps sans vie. La mort du premier était toute récente. Sa gorge était tranchée. Il avait probablement rendu l'âme lorsque les policiers étaient en chemin. Le second cadavre était, quant à lui, dans un triste état. À vue d'œil, le décès remontait à deux semaines.

On trouva sur le bureau de la chambre un cahier aux pages noircies. L'écriture était serrée, un peu maladroite : on eût dit celle d'un enfant. Ce n'est pas sans effort que l'on réussit à déchiffrer sa première ligne : « *Lorsque je suis sorti ce matin, mon attention s'est immédiatement portée sur le ciel.* » Il y avait eu d'autres pages avant celle-ci, mais toutes avaient été arrachées. On ne les retrouva jamais.

La lecture du manuscrit achevée, les enquêteurs allèrent interroger la veuve du Dr Bernard Adam au sujet d'une éventuelle filiation entre son mari et l'assassin. La réponse de la femme fut sans équivoque : son époux était stérile.

Des recherches complémentaires furent menées, qui visèrent notamment à identifier l'homme de la fameuse photographie récupérée sur le bureau du Dr Adam. L'image étant trop usée, on ne tira rien de ces investigations, et l'homme du portrait fut condamné à un anonymat éternel.

Par la suite, le récit passa entre de nombreuses mains et fit la une des journaux. Certains élevèrent son auteur au rang de martyr, victime d'une mère incestueuse ; d'autres le reléguèrent purement et simplement au statut de monstre, sans nuance possible. Sur cette question, nul besoin de trancher : le lecteur saura se forger son avis propre.

Une chose, au moins, était claire : plus personne n'ignorait l'histoire de cet homme. Que doit-on tirer de ce constat ? Qu'il faut commettre l'irréparable pour devenir quelqu'un aux yeux du monde ? Une telle moralité, en plus d'être triste, serait un peu simpliste. Car quelques mois seulement après les événements, on avait déjà oublié le nom de Victor Sommer.

REMERCIEMENTS

Il est plus facile de croire en soi quand d'autres croient en nous.

Du fond du cœur, merci…

À Oriane, Cosette, Isabelle et Julie, premières lectrices de ce livre ;

À Andrea et toute l'équipe de Librinova, sans qui Victor aurait sombré dans l'oubli ;

À Virginie, qui m'a donné ma chance ;

À vous, qui m'avez si gentiment lu ;

À mon psychanalyste, qui endure bien des choses ;

À toi, pour tout.

Cet ouvrage a été composé
par Atlant'Communication
au Bernard (Vendée)

Impression réalisée par

NORMANDIE ROTO IMPRESSION S.A.S.
à Lonrai (Orne)

en février 2022
pour le compte des Éditions de l'Archipel
département éditorial
de la S.A.S. Écriture-Communication

Imprimé en France
N° d'impression : 2200595
Dépôt légal : mai 2022